キャンディ

CROSS NOVELS

真式マキ

NOVEL:Maki Mashiki

周防佑未

ILLUST:Yuumi Suoh

CROSS NOVELS

CONTENTS

CROSS NOVELS

CONTENTS

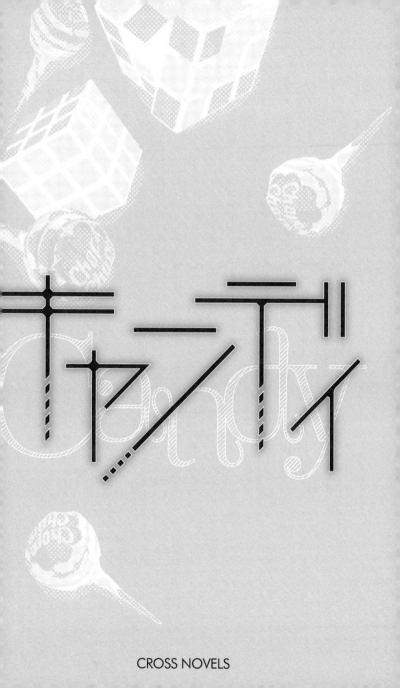

キャンディ

Candy

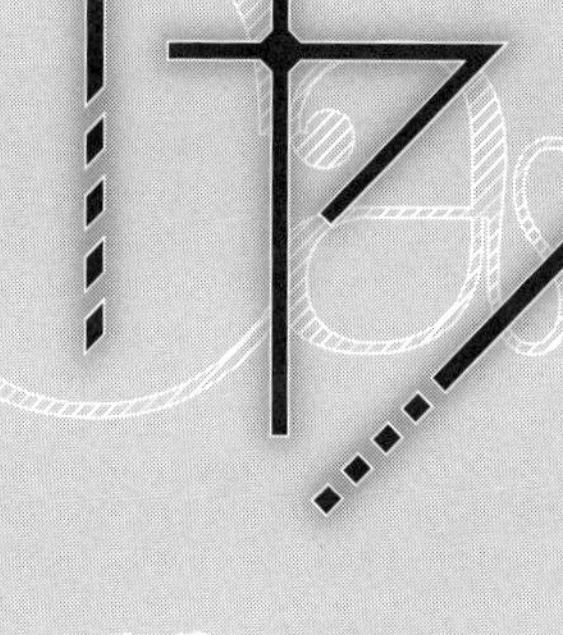

CROSS NOVELS

「佐久間《さくま》が消えた?」

受け取った固定電話の子機に向かって、白沢朝木《しらさわあさぎ》は珍しく頓狂《とんきょう》な声を上げた。

一月も終わりの白沢組本部事務所執務室、時計の針は午後四時すぎを指している。

『はい。本部長の佐久間が行方不明になっています。詳細はまだ不明ですが、まずは三代目に取り急ぎ用件だけでもお伝えしようと』

回線の向こうで若頭の藍田《あいだ》が淡々と告げた言葉に、朝木は鋭利な美貌《びぼう》を歪《ゆが》めた。手にしていた棒付きキャンディをがりがりと噛み砕く音は藍田にも聞こえていただろう。

組を立ちあげた祖父、そして先代である父親が死に、朝木が三代目組長となったのは三十歳のときだった。以来三年のあいだ、厄介事ならばいつでもいくらでも引き受けてきた。

大抵の問題はゲームを楽しむように処理できる。この業界は朝木にとっては大きなジグソーパズルみたいなものだ。目をこらしてピースを埋めれば間違いなく完成する、そんな遊戯ならば嫌いではない。

だが、組員、しかも幹部が消えたなどという種類の面倒はできることなら聞きたくはなかった。

少し長い黒髪を雑に掻《か》きあげ藍田の声を待つ。藍田は特に感情も含めず静かに続けた。

『二週間ほど前から姿が見えないそうです。私がこの件を耳にしたのはたったいま、佐久間が生きているのか死んでいるのかもわかりません』

「二週間前ねえ。どうせあいつのことだからラスベガスでチップをベットしまくってるんだろ、ついでに女とベッドで遊んでご満悦なんじゃないか」

とりあえずはと茶化してみた。普段であれば洒落《しゃれ》たセリフで返してくる藍田は、今回ばかりは事が事だからか乗ってくる気配がない。

『私も最初はそう思いましたが違うようです。本部長補佐の藤井《ふじい》が佐久間の行方を把握していません。佐久間のところは連絡が非常に密ですから、ただ遊んでいるだけなら藤井が知らないはずはありません』

藍田の言葉にがしがしと髪を掻き乱した。すべて彼の言う通りなのだろうと思った。

だいたいこの男が急な電話をよこすくらいだ。鼻で笑って簡単に片付くような問題であるわけがない。

広い執務室の入り口付近に置かれた机から、秘書兼ボディガードの柊《ひいらぎ》がちらと視線を投げてきた。朝木は片手を振って少し待てと示した。

本部長の佐久間が失踪《しっそう》。

はたしてそれは佐久間自身の意思なのか、それともどこかの誰かに拐《かどわ》かされたのか。大きなデスクに広げていた白一色のホワイトジグソーパズルを睨《にら》みつけ考える。

ツウカアの仲である補佐が知らない以上は後者なのかもしれない。たとえ前者であれヤクザ者の取る行動だ、穏やかな理由ではないだろう。

いずれにせよたちの悪い厄介事だ。

革張りのチェアに深く座り直しパズルのピースをひとつ手に取った。ならば内密に、かつ速やかに解決すべきだ。ぱちりとピースを片隅にはめてから、律儀に朝木の沈黙につきあっている藍田に訊《たず》ねた。

「わかった。それで、佐久間が消えた事実を知っているのは誰と誰だ」

『それが……』

藍田はそこで言い淀んだ。いつでも冷静に的確に喋《しゃべ》る男の、その反応に思わず眉《まゆ》を寄せる。どうやらこのトラブルは想像以上に根が深いらしい。

「どうした？　はっきり言え。もういまさら驚かない」

『いえ。実は補佐の藤井が警察に行方不明者届を出したようです。組関係者ということでおそらくは特異行方不明者扱いになるでしょう。つまり、捜査されます』

「なるほどねえ」

低い声で返してからつい舌打ちした。補佐の藤井がどうしてそのような行動を取ったのか、いやになるほど理解できた。

普通は組員が姿を消せば内々で調べる。警察を頼るヤクザなどいるわけがない。下手《へた》にやつらが動けば痛くもない腹を探られる、というより腹は充分痛い。

藤井は、それでも警察に報告した。

なぜなら組に、すなわち三代目組長である自分に任せれば、チャンスとばかりに事をもみ消されると思っているからだ。

朝木と消えた佐久間の不仲は上層部の組員であれば誰もが知っている。正確にいえば、不仲、ではなく方向性の違いか。

シノギの件で幾度も衝突するふたりの姿を間近で見てきた藤井の不安はよくわかる。とはいえ悪手《あくしゅ》もいいところだ。いくら仕事上で意見が合わなかろうが佐久間は白沢組の一員であり、なおかつ幹部だ。まさか消えてくれてラッキーだと思うわけがない。

そもそも朝木は佐久間のことを決して嫌ってはいなかった。おそらくは佐久間も同様だ、単に考えかたが異なるだけだ。

と、藤井に説明したところで無駄なのだろう。

藤井はそこまで盲目的に佐久間に心酔しているのだ。同時に朝木を信用していない。

配下を率い守るのが長のつとめだ。そしてそれはほぼ果たされているといってもいいと思う。だが、佐久間が絡む部分だけがどうにもしっくりいかない。

『サツに気をつけてください。目をつけられるかもしれません』

少しひそめた声で口に出した藍田も当然すべてを把握している。せめてと軽く「そうだろうな」と返し、ひとことふたこと予定を確認しあってから通話を切った。

歩み寄ってきた秘書の柊に子機を手渡したところで、一息つく間もなくそれが再度鳴った。

今度は誰がなんの面倒を持ち込む気だ。朝木が開き直ってパズルのピースをもうひとつ摘まむと、それを確認した柊はその場に立ったまま電話に出た。

はい、いいえ、お願いします。柊が受話器に発した言葉はその程度だった。知性と身体能力を買って身近に置く男は、三十歳とは思えないほど落ち着き払っている。

「三代目。組対《そたい》の橋場《はしば》さんです」

その柊に子機をまた丁寧に差し出され、ホワイトパズルを眺めながらしかたなく受け取った。

橋場はこのあたりを仕切る所轄署の刑事課組織犯罪対策係、いわゆるマル暴の刑事だった。食えないやつではあるが、波長が合うのか関係は悪くない。とはいえ親しくお話ししたい相手でもなかった。

しかもはかったようなこのタイミングだ。どうして橋場が電話をよこしたのか、そんなものは考えなくてもわかる。

「白沢」

ピースを摘まんだ手でネクタイを緩め、子機を耳に当てて名乗ると柄の悪い声が聞こえてきた。

『よお、三代目。久しぶりだな。元気にしてるか』

「あんたの声を聞くまではそこそこ元気だったかもしれないな」

『おれからの電話は不快か？　だったら用件はわかってるってことだよな？　おまえのところの本部長、なんだか面白いことになってんじゃねえか』

なにが面白いことだと思い、ついしかめ面をする。のんびりパズルを楽しむ時間くらい与えられてもいいはずだが現実は無情だ。

「いま若頭から聞いたところだ。おれにもなにがなんだかわかってねえよ。もう少し時間を置いてからかけ直せ」

不機嫌を隠さずに言うと、橋場はけらけらと笑ってから言葉を返した。

『なにがなんだかわかってないうちに連絡できてそいつはよかった。あくどいことを考える前にとっとと署に来い。いますぐに来い。参考人として事情聴取してやるよ』

「参考人なら断る権利はあるんだよな?」

『それならおれが直々に、おまえの要塞までお迎えに行ってやる。幼稚園の前で騒ぐ心配性の母親みたいにな。権利を主張するか?』

ヤクザなデカめ、口にしたい文句はのみ込んだ。この男のことだからやると言ったらやるのだろう。事務所の前でぎゃあぎゃあわめかれたら組員がいきり立つだけだ。

少し視線を遊ばせてからピースをはめ、せいぜい嫌味な口調で答えた。

「ちょうどあんたの顔が見たいと思っていたところだ。会えるならいますぐ、とっとと行くよ、嬉しいねえ。憎たらしいものを見たくなるなんて人間には不思議な習性があると思わないか?」

『おれはおまえの綺麗な顔が単純に見たいぞ』

揶揄《やゆ》の声には答えずに通話を切り、その場に立って待っていた柊へ投げやりに子機を返した。

両手を首の後ろに組んで背筋を伸ばす。

どうにもしようがない、これも仕事のうちだ。この際だから橋場からも情報を引き出して、さっさと佐久間を見つけてしまえと気持ちを切りかえる。

「車を用意します」

机に子機を戻した柊の言葉に頷《うなず》いて立ちあがった。デスクのガラスポットからひとつ飴《あめ》を摑み口に放る。

差し出されるコートに腕を通しながら見た窓の外は、防弾ガラスの厚みを考えてもなお薄く曇っていた。

中途半端に影がかかるくらいなら、冬の空はいっそ雪でも散っているほうがよいと思う。

比較的広い取調室に通された。

何度かこの所轄署に呼び出されたときにはもっと狭《せま》い、いかにもな部屋に連れ込まれた。今日は他が満室だったのだろう。商売熱心なことだと朝木は皮肉を考える。

「まあくつろげよ、三代目。積もる話をしようじゃないか。久しぶりの逢瀬《おうせ》だ」

「こんな場所に長居はしたくない。おれだって暇なわけじゃないぜ」

「つれねえなあ」

指をさして促され、朝木は中央の大きな机に橋場と向かいあって座った。天井に近い壁に取りつけられているカメラへいたずらにひらひら片手を振ってやる。

ひとりの男が取調室に入ってきたのは、硬い椅子に腰かけてすぐのことだった。

一度も見たことがない長身の男だった。身体付きはしっかりとしているが、逞《たくま》しいというよりは豹《ひょう》のようにしなやかだ。

まだ若い。三十手前といったところだろう。目を引く明るい胡桃色《くるみいろ》の髪に、マル暴でも髪を染めるのかと少し驚く。

ちらと視線をよこした男の瞳は髪と同じように綺麗な胡桃色をしていた。ああ天然物なのかと納得する。ならばわざわざ黒くしろとも言えないだろうが、それにしても日本人には珍しい色合いだった。

男は朝木と橋場が座るすぐ横に置かれた小さな机に無言で腰かけた。調書を取る補助者の定位置だ。

横目で観察した彼は少々気味が悪いくらいに整った顔立ちをしていた。

印象としては非常に上品だ。ノートパソコンを開く所作までスマートで、なんだか呆《あき》れてしまう。

組対の刑事はだいたいが橋場のように、まるでヤクザのごとく剣呑《けんのん》で押しの強いなりをしている。そうでないと暴力団の相手などできないのだろう。なのに男はそんなイメージからはかけ離れた、いたって雅《みやび》やかな雰囲気をまとっていた。

これでマル暴がつとまるのだろうかと他人事ながら懸念を抱く。

「本部長の佐久間が消えた件に関しては、正直おれはおまえを疑っていない」

男には特に目もくれず声もかけず、橋場は椅子にふんぞり返ってそう言った。

「三代目と佐久間が不仲なことなんかおれらもよく知ってるよ。だから佐久間になにかあれば真っ先に疑われるのは、三代目だ。それがわかっていて事を起こすほど、おまえは馬鹿じゃないだろ？」

「不仲ってほどじゃねえよ。ただ意見が合わないだけだ、おれと佐久間は仕事のやりかたが違うんだ。そしてあんたの言う通りおれは馬鹿じゃない。おれを疑ってないならわざわざ呼びつけなくてもよかったろうが」

マル暴が相手だと思うと勝手に口調が崩れる。自覚はしているが取り繕う気にもならなかった。身内でもあるまいし気をつかってやる必要もないだろう。

橋場はそこで眉尻を下げて「おまえは覚醒剤嫌いで有名だからなあ」と嘆息した。舌打ちで返した。偏食の子どもでも見るような顔をして、そんなセリフを吐かないでほしいと思う。

橋場が暗に示した通り、佐久間は覚醒剤の売買をシノギにしていた。

「そう言うな、三代目。組対としてはまずおまえを呼ぶしかないんだよ。なにせ組員からご丁寧にも行方不明者届が出ている。普通ならただの家出かと放っておくが、ヤクザが相手だ。当然上からは捜査をしろと指示される。組長の事情聴取をしましたよという事実が必要だ」

「おれがシャブ嫌いだからって、そんなのどうでもいいだろうよ。しかしあんたですら警察組織の歯車に成りさがるんだな？　でかいツラして、自分の意見も通せないとは情けない」

「おれは上下関係を遵守《じゅんしゅ》する従順な公務員だぞ。個人的見解はゴミ箱の中の紙くずだよ」

橋場の言葉に、なにが従順な公務員だと鼻で笑った。マル暴なんてたいがいがヤクザと紙一重の外れ者だろう。

朝木の嘲笑《ちょうしょう》など気にもしないのか橋場は平然とした顔をして、そこではじめて真横に座る男に声をかけた。

「なあ？　おまえだって三代目を疑ってないだろ」

男は橋場の言葉にようやくノートパソコンから目を上げた。朝木の顔をしばらくじっと見つめて、それからにこりと愛想よく笑い答える。

「いえ？　僕は疑ってますけど」

容姿から受けるイメージ通りの、涼やかな声だった。

あっさり告げられたセリフについ笑ってしまった。なかなかに大胆だ。優美で品よいだけの男ではないらしい。

椅子をずらし、正面から男と視線を合わせた。淡い色の瞳はよく見れば笑っておらず、どこか底知れない印象を受ける。

舐《な》めてかからないほうがいいのかもしれない。腕を組み、腹の中でそんなことを考えた。

「兄ちゃん。おれは一応白沢組の組長だぜ。いまのうちに仲よくしておいたほうが後々楽に仕事できるんじゃねえかなあ」

からかう調子で言うと、男はスーツの胸から警察手帳を取り出し朝木に向けて開いた。

「僕は兄ちゃんじゃありません。三上《みかみ》です」

手帳には、三上志津香《しづか》、と記してあった。すました表情の顔写真はいかにもこの男らしい。

しかし男で志津香とはあまり見ない名だ。三上とやらがわざわざ手帳を出したのは、フルネームを問われたときに漢字を説明するのが面倒だからだろう。

「志津香ちゃん、か。名前までお上品だな。そんな調子でヤクザと渡りあえるのか？　こっちのおっさんを真似して少しは柄悪くしてみたらどうだ」

「三上、です。ファーストネームで呼ばれるのはあまり好きじゃありませんね」

「へえ、女みたいで可愛いいぜ？　わかったよ。以後気をつけよう、志津香」

わざといやらしく名前をくり返してやると、三上は呆れたというふうに両手を肩の高さで開いた。特に苛立《いらだ》ったようでも怒っているようでもない。

気障《きざ》ったらしい仕草が妙に似合うのは端整な顔立ちのせいだろう。

「そいつは最近まで、県警本部の刑事部捜査第一課にいたんだ」

ふたりのやりとりをにやにやと笑いながら見ていた橋場がそこで口を挟んだ。

つい視線を彼に振り、それから三上に戻してまじまじと見つめる。本部の捜査第一課と言われれば確かにそのほうが三上の雰囲気に合っていた。少なくともマル暴よりはそれらしい。

「なるほど？　じゃあ、なぜこいつはいま所轄の組対にいるんだ？」

「厄介払いですよ」

朝木の疑問に答えたのは三上本人だった。それにけらけらと笑って橋場が補足する。

「こいつ、本部組対のデカをとっちめたんだぜ。ヤクザとの癒着をおおっぴらにしやがった。マル暴なんて多かれ少なかれヤクザとつるんでいるもんなのにな。それでなんとか巧《うま》く回すんだ、そんなの暗黙の了解だ。なのにまあ正義のもとに容赦なく暴いちまって、お偉いさんも震えあがったんだろ。おかげでこんなところに飛ばされちまって可哀想に」

「僕は自分の役割を逸脱するような人間が嫌いです。ヤクザは悪党らしくヤクザな仕事をすればいいでしょう、下手を打たない範囲で勝手にしてください。そしてもちろん、警察官は警察官の仕事をすべきです。刑事が一線を越えてヤクザな仕事してどうするんですか？　情けない。偽物の正義面をした汚い刑事なんて、警察には必要ありませんよ」

熱く語られたらうっとうしくてたまらないが、三上はさらりと春の風のようにそう言った。だから煙たいというよりも、またずいぶんと清廉《せいれん》なデカだなとただ単純に思った。

橋場の言う通りマル暴とヤクザは持ちつ持たれつの関係を保ってバランスを取っている。巨大な火薬庫が爆発する前に線香花火ですませよう、そういう水面下での取引はある。癒着までいけば互いに立場が危ういが、どこかで馴れあわなければなりゆかないのだ。

三上はそれがお気に召《め》さないのかもしれない。そんなお綺麗な刑事が組対などでやっていけるのだろうかと再度お節介なことを考える。

いつか嫌気がさして警察組織そのものに背を向けそうだ。

その朝木の思考を読んだのか、三上は涼しい顔で「僕はどこにいようとも警察官ですよ」と言った。先ほどと同じようににこりと微笑《ほほえ》まれ、脛《すね》に傷持つ人間なら確かに厄介払いをしたくなるだろうなと思う。

「上としては一課からヤクザ者の集まりである組対に追いやれば、僕が自ら辞めると思ってるんでしょ。でも、甘いです。朱に交わって赤くなるつもりはありませんが、僕が嫌いなのはあくまでも、警察手帳を盾《たて》にした嘘つきです。プライドをもってヤクザと信頼関係を築くことまでおかしいとは言いません。だからここは案外居心地いいですね。思っていたよりはクリーンです」

「クリーン？　どこがだ。このおっさんの居丈高《いたけだか》な態度を見ろよ、まるでおれよりヤクザらしいぜ」

「橋場さんはちゃんとわきまえているから大丈夫。でも、もしあなたが橋場さんに札束を手渡す現場を見たら、僕はまた騒ぎ立てますよ。お気をつけて」

朝木は硬い椅子の上で両手を真上に伸ばし、やる気のない欠伸《あくび》を零《こぼ》してみせた。

なるほどよくよく聞けば、融通のきかない優等生というより、自身の信念で動く芯ある男なのか。

デカはデカで、ヤクザはヤクザで好きにやれ、仲よくしようが結構だ。ただし欺瞞《ぎまん》は見逃しませんとこの男は言いたいのだろう。そこにはおそらくぶれはない。

個人的には、可愛げも感じないかわりに極端に嫌いなタイプでもなかった。だが、なかなか面倒くさい男ではあるようだ。たとえしなやかであれ正義感の強い人間とは相性が悪い。商売柄でもあり、正直単に少々苛立つのもある。そんなものとは真逆の場所で生きているのだし、世の中は綺麗事だけでは回らないと思う。

なによりこいつはどうにも正体がよく見えない。ついでに生意気だ。だからあまり関わりたくはない。

と、態度で示した朝木に構わず三上はやはりさっぱりとした口調で続けた。

「それで、吉井会《よしいかい》には連絡したんですか？　ちゃんと言っておかないと怒られません？」

「おれはいきなりマル暴に呼びつけられたんだ。連絡なんかしてねえよ」

ひとつ舌打ちをしてから腕を組み素っ気なく答える。橋場によれば三上が本部第一課から所轄組対に異動してきたのはつい最近のはずだ。なのにそんなところまでよく調べているものだといささか感心し、またいささか辟易《へきえき》した。

吉井会とは、この界隈《かいわい》を分ける組のうち比較的関係のよい四つの組が立ちあげた連合体だった。広域暴力団からシマを守るのが主目的だが、近辺に散る敵対勢力との小競りあいを避ける役割もある。

白沢組もこの吉井会に属していた。とはいえ突如の幹部失踪を報告するにはまだ早い。だいたい、もう少し内情を把握しないことには報告のしようもないだろう。

それに、いくら連携を取ってはいても異なる組の寄せ集めだ。無駄に弱みを握られるのも好ましくない。

「なあ志津香。おまえはなんでもご存じの優秀な刑事らしいが、おれのやりかたに口を出すなよ。おまえの言う通りおれはヤクザだ。おまえはデカだ。あまり突っ込みすぎると朱に染まるぜ、いいのか？」

「大丈夫です。僕は橋場さんと同じようにわきまえてます。それに、仲よくしたほうが後々楽だと言ったのはあなたでしょう？　雑談くらいしてみませんと」

「クソ生意気なガキだな。いつか血の気の多いやつにチャカで撃ち抜かれても知らねえよ」

組んでいた腕を解き机に片肘《かたひじ》をついて呆れた声を出した。三上は朝木のセリフにくすりと笑っただけで言葉は返さなかった。撃たれる前に撃ちますよ、そんなことを言いたげな目の色をしている。

生意気なうえに自信家かと若干うんざりした。

いったん口を閉じた三上は、しかしいくらかの間を置いたあと、ふと朝木を見て言った。

「そういえばあなたから、甘い、いいにおいがします。苺《いちご》かな？　子どもみたいなにおいです、さっきから気になってました。キャンディ？」

指摘されてべろりと舌を出し口に残っていた小さな飴を見せてやった。確かに香りはするだろう。とはいえ組の身内にも、いいにおいがします、などと言及されたことはない。

ヤクザの組長をつかまえて子どもみたいとは、こいつは遠慮という言葉を知らないのか。飴をがりがりと噛み砕いてから、なんだか馬鹿馬鹿しくなり笑ってしまった。

いけ好かない。だが同時に、その図太い態度がなぜか少しばかり気にはなるかもしれないなとは思った。

こころのどこかに引っかかる。

よいのか悪いのかは知らないが、この男は、顔も見えないような有象無象《うぞうむぞう》とは違うということか。

「おれはいま人生初の禁煙中なんだよ。飴くらい食ってもいいだろ？　心配すんな、ただの飴だぜ。妙な混ぜ物なんかしてねえよ」

「チャレンジが人生初で成功するといいですね。なぜ？　健康のため？　切った張ったのヤクザが？」

「ゲームだよゲーム。禁煙ゲーム。おれは困難なゲームほど燃えるんだよ」

「なあ三代目。シマ、シノギ、あとは女、考えられるのはそれくらいか？」

黙ってやりとりを聞いていた橋場が、そこでようやく口を挟《はさ》んだ。馴染みのヤクザと新入りの雑談を暢気《のんき》に楽しんでいたらしい。

それにしても軌道修正が遅すぎるだろう。ほんとうにやる気があるのかと文句をつけたくなった。

「佐久間が消える理由だよ。自分でどこかへ隠れたのか隠されたのかはわからないが、やつはなにか下手を打ったのかもしれないな。三代目、心当たりはまったくないのか」

やっと振られた本題に、橋場へ向き直って答えた。

「おれだって寝耳に水だ。そんなもんはない。佐久間は頭がいいんだ、とびきりに切れる男だぜ。そうそう下手なんか打たねえよ。佐久間に御せないやつがいるとしたら、言葉も通じないようないかれた馬鹿くらいじゃないのか。理性が欠如してる、そういうやつが相手なら、あるいは口が巧い佐久間でも敵《かな》わないかもしれないなあ」

「たとえばシャブ中か。ま、一番考えやすいのはその線だろうな。佐久間も物騒な仕事をするもんだ」

さらりと佐久間のシノギに言及されて反論しようかとは思ったが、肩をすくめてみせるだけにとどめた。いまさらなにを言っても無意味だろう。

橋場は朝木の仕草にひとつ頷くと立ちあがり、取調室のドアを開けて「ちょっと雪野《ゆきの》を呼んでくれ」と怒鳴った。鼓膜がぴりぴりするような大声に思わず顔をしかめる。

こんなところにいるよりヤクザの修羅場《しゅらば》でわめいていたほうが似合いそうだ。まさにマル暴だな、と思い、それからちらちらと三上に目をやった。

三上はノートパソコンのキーボードを叩いていたが、朝木の視線に気付いたのかふと顔を上げた。例のごとくにっこり微笑まれたので、嫌みたらしく同じような表情を返しておく。

淡い色の瞳は表情を裏切りやはり笑っていなかった。なにを考えているのだかさっぱりわからない。

橋場に呼ばれた雪野はすぐに取調室へやってきた。この所轄で覚醒剤が絡む事件が起これば必ず雪野が顔を出す。いわば組対のシャブ担当だ。

年齢は朝木と同じくらいか。きちんと整えられた黒髪に眼鏡、顔立ちはよい部類だと思う。いかにも理知的だ。鞭《むち》のように細身で、マル暴より知能犯係にでもついたほうがそれらしい容姿だろう。

だが、真っ直ぐな眼差しは、なるほど日ごろヤクザを相手にしているだけはある鋭さだった。切れ味のよい刃物みたいなその目付きは嫌いではないと思う。

「佐久間の件だ。シャブがらみでなにか情報は入ってないか？」

椅子に座り直した橋場の問いに、雪野はドアの前に立ったまま飄々《ひょうひょう》と答えた。

「まだなにも。行方不明者届が提出されたのは今朝方ですし、充分に調査がなされているとは言えませんがいまのところは」

「なあ雪野。おまえはこれを誰の仕切りだと思う？」

犯人の予想を立ててろと部下に求める橋場の声は、あっさりしたものだった。

雪野はしばらく橋場と目を合わせていたが、それからすっと朝木に視線を移して言った。

「三代目組長を疑っています。佐久間とは不仲のようですから」

静かに告げられたセリフに、朝木はついけらけらと声を上げて笑ってしまった。この短時間に組対ふたりから面と向かって被疑者扱いされれば、いやになるのを通り越しておかしくなる。

橋場は同様に、というよりはさらに派手に「四面楚歌《しめんそか》だな」とげらげら笑い、片手を振って雪野を追い払った。それからキーボードを叩いている三上に軽い調子で声をかける。

「とりあえず終わりだ、その調書があれば三代目から事情聴取した事実は残るだろ。裏門まで送ってやれ。ボディガードにきっちり引き渡してこい。署内でなにかあれば、たとえ三代目がみっともなくつまずいただけだっておれらのせいになるからよ」

「わかりました。僕はこう見えて美人のエスコートは得意です」

三上のすました返答に頭をひっぱたいてやりたくなったが、暴行罪だとからかわれるのも癪《しゃく》なので諦めた。食えないデカだ、生意気な男だ、そして妙に気になるやつだ、もう何度目になるかそう思う。

三上は橋場の指示通り裏門まで、まさに朝木をエスコートするように廊下を歩いた。いまさら案内されずとも署の構造くらいは知っていたが、これも諦めて従った。

自分をさほど小柄だと思ったことはない。普通だ。それでも無駄に長身な三上に較べればさすがに背丈で負ける。なんだかそれさえもが嫌味に感じられた。

三上は廊下ではひとことも声を発さなかった。

しかし裏門を抜け柊が待つセダンに朝木が歩み寄ったところで、はっきりとこう宣言した。

「あなたがこの件の犯人なら、僕が捕まえますから。朝木さん」

「おれだってファーストネームで呼ばれるのは好きじゃねえよ、志津香ちゃん」

振り向かないまま言い返し、柊が開けたドアから後部座席に乗り込んだ。いつのまにか外は暗い冬の夜になっていた。目をやった腕時計は午後七時近くを示している。

運転席に座った柊はすぐにエンジンをかけた。一瞬であたたまる車内で思わず脱力の吐息を洩《も》らす。

「事務所に戻りますか。それとも屋敷へ向かいますか？」

「屋敷で。少しひとりで考える」

淡々とした柊の問いに答え、ドリンクホルダーに詰め込んだ飴に手を伸ばした。無意識に苺味を摘まんだところで、いいにおい、苺かな、などと言った三上の声を思い出す。

苺味を離し、あまり好きではないメロン味を口に放り込んだことには特に意味はない。

飴を舐めながら車窓に目を向け、行き交う車のヘッドライトをじっと睨んだ。急に飛び込んできた情報、引っ掻き回される思考、とにかく一度落ち着く必要があるだろう。

まだなにがどうなっているのだか皆目わからない。だが、わかっていることはひとつある。

このまま真相が暴かれなければ、あの上品を気取る刑事に延々追いかけ回されるということだ。

ならばさっさとこの手で消えた佐久間を探し出すしかない。

古い日本建築の広い屋敷に住みついていると、よくも悪くも季節の変化を身体で感じる。暑い日は暑く寒い日は寒い。とはいえいまさら真新しい空調設備を整えるのも気が乗らなかった。そんなものを入れてしまえばおもむきがなくなると思う。

さすがに夏場は冷風機を置くこともあるが、冬は火鉢で充分だ。和服の着流しでもすごせるほどにはあたたまる。炭が鳴る微《かす》かな音を聞きながら朝木は陶器に入った金平糖《こんぺいとう》をひとつ口に放った。

床の間のある広い座敷はほとんど朝木の自室になっていた。

先代、先々代のころはしばしば来客も宴会もあったが、三年前から途切れている。毎日のように顔を出す、どころか住み込みの組員もいた。しかし、いま屋敷で暮らすのは朝木と柊、それから使用人がひとりだけだ。

来るな、と指示したのは朝木だった。

いくら組の人間といっても毎日毎日二十四時間ヤクザであるのは疲れるだろう。三代目組長の屋敷で気をつかうくらいなら、その時間はのんびりくつろぐために使えばよい。

佐久間はむかし、しょっちゅう屋敷を訪れていた。

朝木が子どものころのことだ。十ばかり歳の離れた佐久間はよく遊び相手になってくれた。

淡白な男だったが一緒にいると落ち着いたし、楽しかった。それがいまやマル暴にさえ把握されるほど不仲になったというわけだ。

当時朝木は若様、若様と呼ばれみなに可愛がられた。将来は生まれたときから決定されていて、祖父や父親からは跡継ぎとしてしつけられた。

それについては特に不満もない、どころか贅沢《ぜいたく》な生い立ちであるとさえ思う。衣食住いずれも十二分に足りており金に困ったこともない。

だが、あのころから自分にはくつろぐ時間などほぼなかったのは事実だ。だから長となったいまは配下にそれを与えたいのかもしれない。ふとそんなことを考える。

金平糖を噛み砕いてから座卓に置かれた電話の受話器を手に取った。遅い時間に組員と連絡を取るのは好きではないが、こんなときばかりはしかたがない。

いま目の前に置かれているパズルは、いつものように過程を楽しむタイプのゲームではないのだ。さっさと組み立ててしまわないと沽券《こけん》に関わる。

そしてそれ以上に、ひとの安否に関わる。暢気に構えていればあるいは最後のピースがほんとうにどこかへ消えてしまうのかもしれない。

『藤井です』

失踪した佐久間の右腕、本部長補佐の藤井はすぐに電話に出た。藤井本人の携帯電話にかけたのは、そういえば久しぶりだった。

当然藤井には電話の相手が朝木であると知れている。顔を出すなとは指示しているものの屋敷の電話番号は末端の組員にまで教えてあった。藤井の声が硬いのは、だからだろう。

「白沢だ。佐久間の件でいくつか訊《き》きたいことがある」

色とりどりの金平糖を眺めながら、フラットな声で言った。藤井は回線の向こうで少し黙り、それから言葉を返した。

『なんでしょう。自分は佐久間さんの居場所を知りません。なにをしているのかも知りません。三代目に報告できることは、佐久間さんが消えた、それだけです。若頭にお願いした伝言の通りです。つけ足すことはありませんし言い訳もしません』

「そう警戒するなよ。いまはとりあえず、独断でサツに話を持ち込んだおまえの下手は棚上げしてやる。時間の無駄だ、言いたいことはわかるよな？　だから、おれはただ佐久間の最近の様子を知りたいだけだ。一番近くにいるやつにまず訊くのは当たり前だろ。で、そっちに変わったことはなかったか。些細なことでもいい、教えろ」

『……佐久間さんは二週間ほど前に連絡が取れなくなるまで、いつも通りでした。変わった様子なんてひとつもありません』

硬さの取れない藤井の口調に、ふ、と吐息を洩らして茶をひとくち飲んだ。口に残る金平糖の甘さを洗う渋味が旨《うま》い。

では佐久間はほんとうに、なんの前触れもなく忽然《こつぜん》と姿を消したのか。声には出さず頭の中で考える。

佐久間はとにかく仕事のできる男だった。

組の経理やら各事務所管理やらを難なく片手間にこなしながら、覚醒剤のシノギを仕切っていた。先代のころからだ。組では一番稼ぎがよい実力者といえる。

シャブが好きだとか嫌いだとか、佐久間にはそういった感情はなかったのだと思う。朝木がいくらやめろと言っても聞き入れなかったのは、単純に、覚醒剤は金になるからだ。

現実主義者で頭の回転は速い。補佐の藤井が佐久間に心酔する理由は有能さのみでなくその人柄にもあるのだろう。男さえもが惚《ほ》れるタイプの男だ。

だから佐久間と折りあいの悪い朝木を藤井は好いていない、そんなことは承知している。

佐久間はおそらく、朝木に対して反論はせよ特に敵意も悪意も抱いていない。そういう冷静な人物なのだ。朝木が嫌いなのであればとうに白沢組など抜けている。

その佐久間より、藤井のほうがよほど三代目組長への引っかかりを感じているのではないか。

「なあ藤井。これを機にシノギを変えないか。シャブよりもうかるシノギを見つければ佐久間だって文句はないだろうよ」

言うだけ無駄かとは思ったが一応は言った。藤井はそこで声に怒気をはらませて答えた。

『そんなことをしたらシマはめちゃくちゃ、シャブの無法地帯になります。佐久間さんの仕切りがあるからいまはなんとか静かにやってるんです。よその組がよろこんで乗り込んできてもいいんですか？　三代目はなにもわかっていない』

「藤井。落ち着け。おまえがいま話をしている相手が誰だか思い出せ。今夜はもういい、状況は把握した」

佐久間が消え藤井はよほど焦《あせ》っているらしい。こんなときに不躾《ぶしつけ》な態度を叱《しか》りつけてもしかたがないかといったんは引いた。

変化があったら知らせるようにと指示をして通話を切る。これは近々、藤井と直接顔を合わせなければらちがあかないだろう。

襖《ふすま》の向こうから柊の声が聞こえてきたのはそれから間もないときだった。

「おやすみの準備ができました」

普段は使用人が呼びに来るのに珍しい。佐久間が失踪したことで柊も過敏になっているのかもしれないと思った。

「入れ」

短く言うと、音もなく襖が開いた。スーツ姿の柊が廊下に膝《ひざ》をついている。

困惑している表情ではなかったが内心困惑しているだろう。最近では秘書を座敷に上げることも滅多にない。

左手で手招くと、少しためらってから柊は立ちあがり畳を踏んだ。部屋の隅にひざまずこうとするのを、座卓の向かいを指さしてそこへ座れと促す。

これもまた躊躇《ちゆうちょ》し、それでも柊は素直に従った。その柊に、「あいつの命日は予定を空けておいてくれ」と指示をする。

一年、二年、いちいち数えなくても覚えている。今年はあの男の十三回忌だ。

「承知しました」

短く答えた柊にはいつか簡単に事情を説明したことがある。大学時代、友人が覚醒剤過剰摂取で死んだ。二十歳のころだった。

カタギの人間だ。朝木がヤクザの血筋と知れば誰もが逃げていく中で、唯一笑いかけてくれた優しく陽気な男だった。

そんな男がどこでシャブを入手したのか、なぜ使ったのかはわからない。ただ、死ぬ前の彼が腕に縋《すが》りついてきたときの感触は、はっきりと記憶に刻まれている。

——おまえヤクザだろ。なあ、薬をくれ。

頭を思いきり殴られるよりひどいショックを受けた。太陽みたいに溌剌《はつらつ》としていた男は、墓から蘇《よみがえ》った死体のような姿をしていた。

覚醒剤などなんとも思っていなかったが、以来朝木はそれを心底憎んでいる。

金平糖をひとつ噛んで辛気くさい空気を追い払い、話題を変えた。

「おまえは、佐久間が消えたのはなぜだと思う?」

問いかけると、柊はしばらく黙ってから静かな声で答えた。

「私にもわかりかねます。ただ、本部長には白沢を去る考えはないでしょう。とすれば自ら消える必要はありません」

佐久間に白沢組を辞めるつもりはないはずだ、だからおのが意思での失踪ではないだろうということだ。

同意を示すためにひとつ頷いてから、腕を組み朝木は言葉を続けた。

「佐久間はシャブを扱ってはいるが、自分でやるほど馬鹿じゃない。やればうちは破門だし、佐久間はそんなもんを欲しない。だから、あいつみたいにシャブでいかれてどこかでのたれ死んでいるわけじゃない。不本意に殺されていなければな」

「そうあっさりと殺されるようなひとだとは思えませんが。頭は切れますし腕も立ちます」

「なあ柊、おまえはふと姿を消したくなることがあるか？　世知辛《せちがら》い現実を忘れたくなるときだよ」

「ありません。本部長も同じではないですか」

他殺も自殺も想像しづらいとこの男は言いたいのだろう。

もうひとつ頷いてみせた。柊の見解はまったくその通りであるように思われた。だとすればシマがらみかシノギがらみで拉致《らち》監禁でもされているのか。眉をひそめて考える
とはいえ佐久間が無策に拐かされるなどということがあるだろうか。

あの男はとにかく頭がいいし口も巧い。その気になれば誰が相手でも簡単に言いくるめられる

はずだ。

脅《おど》す、すかす、おだてる、落とす。つきあいの長い朝木に対しては特に計算もなく喋るが、そのあたりは佐久間の得意とする手法だった。

「佐久間の言葉が通じないやつがいるとすれば、どんな人間で、それはどんなときだろうなあ」

独り言の口調で呟《つぶや》くと、柊は律儀に答えた。

「狂った人間でしょう。覚醒剤、あるいは色恋、盲信、執心、人間はそんなもので狂ってしまうこともあります。そうした人間が不意に牙《きば》をむけば、あるいは」

「そうあっさりと殺されるようなたまではない、としても、足元を掬《すく》われる、か」

橋場に連れ込まれた取調室で自分が言ったような意見を示され、組んでいた腕を解いた。長着《ながぎ》の襟《えり》を緩めて高い天井を仰ぐ。

シャブかもしれない、そうではないのかもしれない。柊の言う通り、色恋やら盲信やら執心やらでひとは狂うこともある。

いずれにせよ、なんらかの理由で理性を失った誰かが噛んでいる可能性は大きい。やはり結局はそこに思考が辿《たど》り着く。

だいたい、仕事がらみの誘拐事件であるなら身代金だの縄張りだのを要求されるはずだろう。それがいっさいないということは、計算尽《ず》くの行方不明ではないということだ。

この街をチェス盤にしたゲームごときで佐久間は負けない。ただしルールを守るプレイヤーが向かいに座っていればの話だ。

いま佐久間の前にいるプレイヤーには、ルールが通用しないのだ。その理由さえわかれば、そいつの顔が見えるか。

言葉を知らない猿が佐久間を永遠に消す前に見つけ出さなければならない。佐久間が白沢組の人間である以上は守る。命に責任を持つ。それが長の仕事の第一だ。

あの男は生きているのだろうか。いま、呼吸をしているのか、あたたかいか。ふと考えて腹の中が凍りつくような感覚に襲われる。

「もうおやすみになったほうが。寝室へどうぞ」

無意識に顔を歪めた朝木に柊がそう声をかけた。疲れているように見えたのだろう。気をつかわせてもしかたがないかと大きく深呼吸をして言葉を返す。

「そうだな。こうしていつまでも唸《うな》っていたってらちがあかない。ひと眠りすれば多少は頭も冴《さ》えるか」

「私は今夜からしばらく隣の部屋で休ませていただきますから、なにかありましたらすぐにお呼びください」

「ああ。頼りにしてるよ」

促されて立ちあがりふたりで廊下を歩いた。そうしながら、所轄署の廊下で同じように自分をエスコートした三上の気配をふと思い出した。

整った顔立ちと愛想のよい微笑み、それから底知れない瞳の色が蘇る。

「なあ。署の裏門でおまえも見たデカ、どう思った。すました顔したすかした若造だよ」

特に意味もなく隣の男に問うた。柊は朝木の不意の言葉が意外だったのか少しの間を置き、それから淡々と答えた。

「三代目を捕《と》る、と言った男ですか？　ずいぶんと品よく見えましたが、どこか真意の知れない目をしていましたね」

「妙な男だよなあ。ただの真っ直ぐな熱血漢ならわかりやすいのに、やつは変わってる。つつけば面白いのかもしれないが、ちょっとうっとうしい。おれはな、正義感が強いガキを見ると少し苛立つよ。物事をきっちり考えるやつは嫌いじゃないし、あれくらい芯が強くなけりゃ生きていけない。だが、あいつはきっと綺麗だ。とても清潔なんだ。世の中そんな綺麗事だけじゃ回らないのにな。いつか泥沼に浸かったときに、あいつの芯はぽっきり折れるかもしれないぜ」

真意の知れない目、この男にもそう見えたのかと思いながら零した。柊はそれには無言を返した。朝木がコメントを求めていないと判断したのだろう。

それからはふたり黙ったまま寝室へ向かった。長襦袢《ながジュバン》に長着だけの着流しでは、火鉢のない廊下はさすがに冷える。

会話が切れると余計に冬の寒さを感じ、両手で自分の腕を抱いた。今夜はことさら気温が低いような気がする。

これは雪でも降りそうだ。

汚れを隠すように地を覆う白い雪が子どものころから朝木は好きだった。幼い目にもこの世に充《み》ちる罪が見えていたのだろうか。

しかし、そんな世界は決して嫌いではない。泥にまみれてときには雪に埋もれて、そうして生きる人間はあまねく健気《けなげ》ないきものだと思う。

翌朝十時、柊の運転で屋敷から白沢組本部事務所へ向かった。

予想通り外には粉雪が舞っていた。重力などないような軽やかさでふわふわと、羽毛みたいに散り積もる。その美しい景色に朝木はつい見蕩《みと》れた。

だが、事務所の前まで車が辿り着いたときには、思わず舐めていた飴をがりがりと噛み砕いた。要塞じみた門扉のすぐ横に、スーツの上へコートを着込んだ三上がひとり立っていた。なにをしているのかうつむき手元を見つめている。

「あのおかしな男の前で停まってくれ」

冷めた口調で告げると柊は無言のまま静かにブレーキを踏んだ。それに気付いた三上がふと顔を上げ、後部座席に埋まる朝木を認めてにっこり笑った。

近付いてようやくわかった。三上が手にしているものは、ルービックキューブだった。隠れもせず悪びれもせず、こいつはこれで白沢組を張っているつもりなのだろうか。あるいは自分を待っていたのか。玩具《おもちゃ》で遊びながら？

図太い神経に呆れを通り越してほとんど感心してしまう。後部座席の窓を下ろすと、三上はすぐに歩み寄ってきて「おはようございます、朝木さん」と涼やかに言った。

脱力した。この男は本気で自分を疑っているのか、疑っているくせにこの態度か。そう思うと昨日からぴんと張っていた頭の中の糸がふにゃりと緩むような気がした。

「志津香。おまえはこんなところでなにしてんだ？」

「ああ、これ知りません？　ルービックキューブです。趣味なんです。暇つぶしにはちょうどいいですよ」

そんな意味で訊いたのではないのだが、三上は手にしていたルービックキューブを胸のあたりまで上げて朝木に見せた。色鮮やかなその玩具は子どものころに遊んで、すぐに飽きた覚えがある。

朝木が目を細めると、馬鹿にされたと思ったのか三上は「僕これ得意なんです」と笑った。無秩序に散らばる色をあっというまに全面揃《そろ》えて、得意げに片手の中で回す。

「ほら完成」

「そうじゃねえよ。おまえここがどこだかわかってんのか？　いくらおれが品行方正でもヤクザの巣だぜ。下手すりゃ死ぬぞ」

「大丈夫です。僕結構強いですから。ヤクザだってデカ相手にいきなりチャカぶっ放しはしないでしょ。接近戦なら負けません」

「おまえはいつか必ずその無鉄砲で危機に陥る。おれが予言してやるよ」

「いやだな。僕だって無鉄砲をする相手は選びます。ほら、僕と朝木さんは仲がいいからこれくらいは許してくれますよ、ね？」

なんだかさらに力が抜けた。

いつもは柊が開けてくれるドアを自分で開け、すぐそこで玩具片手に立っている三上へ横柄に言った。

「まあ乗れ、志津香ちゃん」

三上は驚いたのか数度目を瞬《しばた》かせ、それから相変わらず上品に微笑んだ。胡桃色の瞳はやはりなにを考えているのかわからない。

だが、今朝の三上からは昨日見た正体不明の不気味さはうかがえなかった。腹の中でこの男はこの状況を少しばかり面白がっているのかもしれない、そんなことを思う。

「いえ、結構です。白沢組三代目組長のお車に、僕のような下々のものが乗るのは心苦しい」

「散々図々しい真似をしておいて、いまさらなに言ってんだかな。ちゃっちゃと座れよ。おれとおまえは仲がいいんだろ」

「親しき仲にも礼儀というものが……いや、朝木さん放して」

「いいから」

手を伸ばして三上の腕を摑み、強引に後部座席へ引き寄せた。高級車だけあってそれくらいの無茶はできるスペースはある。

三上は、わ、と声を上げてつんのめるようにシートへ転がり込んだ。それを抱きとめ片腕を伸ばしてさっさとドアを閉め、ついでに窓を上げてロックをかける。

ルービックキューブが三上の手から朝木の足元に落ちた。ちらと目をやってから子どもにするように三上を隣へ座らせる。

「じゃあおれの暇つぶしの方法も教えてやろう。おまえのように若くて、いい男を食らうことだよ」

するりと三上の冷えた頰《ほほ》を撫《な》でた手で、分厚いコートのボタンを弾いてやった。慌《あわ》てたように手首を摑まれたがさっさと払って前をはだけさせる。

柊は黙ったまま振り向きもせず運転席に座っていた。主のこんないたずらには慣れたものか。

「ちょっと、朝木さん。放してください。僕そういう趣味はありません。いくら相手が美人でも男に突っ込まれるのはごめんです」

「安心しろよ。おまえは突っ込むほうだ」

覆いかぶさるように身を寄せ、当然反応していない性器にスーツの上から触れてやる。ぴくりと身体を強張らせる三上の顔を覗《のぞ》き込み、にやりと笑って舌なめずりしてみせた。

「大丈夫だよ。おれにかかればおまえなんてすぐに勃《た》つぜ。ヤクザの組長と番《つが》う機会なんてそうないだろうよ、せいぜい楽しめ」

「いや、勃つかもしれませんけどさすがに楽しめません。僕はストレートです」

「そんなの関係ねえなあ。男ってのは単純なんだぜ？」

いやらしく股間を撫で回しながら三上の耳孔《じこう》に息を吹きかけた。そのまま耳の裏から首までやわらかな皮膚《ひふ》を舐め辿る。

「待って、朝木さん。いま朝。朝ですよ。しかもここ、あなたの仕事場の前。部下に見られますよ」

気取った男が発する僅《わず》かに焦った声が心地よくて、ついほくそ笑んだ。

「見られたって構いやしないさ。おれがこういう男だって知らないやつはうちにいない。いまさら」

キスの合間に控えめな柑橘系《かんきつけい》のにおいを感じた。ボディソープだろう。爽《さわ》やかさの中に少し甘みのある清潔な香りはこの男によく似合うと思う。

朝木の言葉に三上は軽く身じろぎ、どこか責めるような声で問うた。

「あなたこんなふうにして子分まで食うんですか？」

「馬鹿言うな。身内に手をつけるほど飢《う》えてねえよ」

心外だ、と憤る気にもならず鼻で笑って軽く答えた。

「おれはなあ、いま目の前にいる根性座ったデカみたいな男を色で屈服させるのが好きなんだ。

快楽は麻薬なんだぜ？　理性も感情も狂う。すかしたクソガキが必死になって欲しい欲しいとおれに縋りつくさまが見たいね」

「悪趣味な……。そんなのにつきあいたくありません、放して」

三上は口では文句を言ったが、特に暴れも抗《あらが》いもしなかった。朝木がどこまで本気であるのか様子をうかがっているのだろう。

しかし、露骨に性器を摩《さす》ってやったらさすがに負けを認める気になったらしい。がしりと腕を摑まれそのまま身体を押し返された。

想像していたよりもパワーがある。ずいぶんきっぱりとした力の使いかたをするんだなと少し驚いた。

「遠慮します。僕まで変な趣味に目覚めたら困るでしょ。あなた無駄に色っぽいからほんとうに勃ちそう、僕はこんなところで朝っぱらから発情したくないです」

コートのボタンを直す三上の指先は、一瞬の焦りから立ち直りすでに落ち着いているようだった。隣でシートに背を埋めて視線を外し、は、と笑ってやる。

「意気地なし。趣味は多いほうが人生楽しいぜ？　それとも、操《みさお》を立てる女でもいるのかよ」

「女なんていませんし、僕の人生はいまのままで充分楽しいです」

「本部から追っ払われて所轄のマル暴なんかやってるくせに？　雪の中、組事務所前で突っ立って、それでもおまえ楽しいかよ」

朝木の言葉に三上は珍しく、というよりはじめて、ひとつ派手な溜息をついた。思わず眼差しを戻すと、彼は朝木には目をくれず真っ直ぐ前を見つめていた。

綺麗な横顔だった。とらえどころのない胡桃色の瞳へ、不意になにか熱い感情が掠《かす》めたような気がして不覚にもついぞくりとする。

「だから、僕はどこにいてもただ僕ですよ。警察官として警察官の仕事をします。僕がいますべきは佐久間失踪の真相を探ること、だから雪の中に突っ立ってるのは苦痛ではないです。これが僕のやりかたですから構わずあなたはあなたの仕事をしてください」

「なあ志津香。おれはおまえの思考回路は嫌いじゃない。はっきりしていて結構だ、苛々するほど綺麗だよ。だが、世の中巧く渡るためには多少の汚れは必要じゃねえの」

三上の表情を眺めながら問うた。肩の高さで両手を開く仕草は署の取調室でも見た。

「ならば僕は世の中巧く渡れなくてもいいですよ。そんなの重要じゃない。僕は自分が信じることをしているだけです。正と悪とは別の稼業ですよ？　交われど染まるのは駄目」

やはり、清廉だな、とまた思った。

ドアを開け車から降りる三上を引き止めるのはやめた。かわりに窓を下ろし、足元から拾いあげたルービックキューブを「忘れもんだぜ」と投げてやる。

反射的な動きでそれを受け取った三上は一度視線を手元に落とした。それから朝木を見てにこりと笑った。その表情に先ほど感じた生身の熱はもううかがえない。

「冬は手がかじかんで、いざというとき咄嗟《とっさ》に動かないんです。だから、これ」

「いざというときがないといいな。ま、がんばれよ」

ひらひらと片手を振って窓を閉めた。運転席の柊が操作するリモコンで電動門扉がゆっくりと開く様子を眺めながら無意識に、くく、と笑う。

生意気な新入り組対は結構面白い男なのかもしれない、そんなことを思った。

「今朝の三代目は楽しそうです」

門から敷地内へ車を進めながら柊が言った。無口な男の意外なセリフについルームミラーへ目を向ける。

鏡越しに柊と視線が噛みあった。楽しそうです、と言った柊までどこか楽しそうな目をしていた。

「そうだなあ。うっとうしいのはうっとうしいが、あれはなかなか愉快な玩具になりそうじゃないか？」

にやにや笑って答えた。三上につきまとわれるこの状況を自分は確かに楽しんでいるのだろうと思った。

余裕もない分刻みの生活で、都合よい気晴らしにはなりそうだ。

閉まる門のすぐ外で相変わらずルービックキューブをいじっている三上から、事務所に目を移した。ストイックな造形はいかにもヤクザの本拠地といった雰囲気だ。壁は灰色、窓は極端に少なくそのすべてに防弾ガラスがはめ込まれている。

先代、先々代のころはともかく朝木が組長を継いでからは派手な抗争もなかった。いまどきそんな物騒なヤクザははやらない。武力を使うのは最終手段、まずは頭と口を使え、それが朝木の方針だった。

だからもうこんな大仰な要塞は必要ないだろう。とも思うが、組織の象徴でもあるので壊すわけにもいかない。

車を降り柊が開けた分厚い扉から事務所に足を踏み入れると、若頭の藍田の姿があった。若衆となにやら話をしている。

藍田は普段自分の事務所に詰めているのであまり本部に顔を出さないが、今回ばかりは緊急事態だ。

歳は四十手前、暴力団幹部というよりは大会社の重役といった印象を受ける。歳下の組長に対する反感はないらしい。むしろ歳下だからこそ支えなくては、そういった言動を取る忠実な男だった。

現れた朝木に一礼する藍田をエレベーターへ促した。真っ直ぐ執務室へ向かい、窓際に置かれたソファを指さす。

「佐久間の件、なにかわかったか?」

先に朝木が座ってみせると、藍田もならって向かいに腰かけ口を開いた。

「いいえ。方々当たってはいますがまだ有用な情報はありません。あるいは情報がない、という情報が有用なのかもしれませんが」

「いまのところは誰も表立って動いていないということか。ほっとするようなぞっとするような話だな。死体も上がらないかわりに打つ手もない」

死体、と声にしてからその言葉に寒気を感じ、朝木は雑に黒髪を掻きあげた。

「それで、最近の佐久間に変わった様子はなかったか？　おまえの見立てで構わない。あいつ、おれのところには滅多に来ないから。顔を合わせればどうせ喧嘩になるとわかってるんだろ」

朝木の言葉に考えるような表情を見せたあと、藍田は淡々と答えた。

「特には。少なくとも私の知る限り佐久間はいつも通りでした。仕事についても問題はなかったように思います」

「そうだな。ま、仕事はきっちりやってたな。あいつがそこの手を緩めればさすがにおれの耳にも入る」

「ほんとうに、ラスベガスあたりで密かに豪遊していてくれるなら一番なんですが」

それはありえないという意味だ。

腕を組んで唸る朝木に、藍田はそこでふと声色を変えて訊ねた。

「念のため、吉井会に報告しますか？　三代目が必要だと判断するなら私が引き受けます」

「いや。しない。いまはしない」

即答し、朝木は軽く眉をひそめた。この男も三上と同じようなことを言う。つまりはさっさと連絡したほうが安全牌《あんぜんパイ》だと進言しているのだろうが、どうにも気が乗らなかった。

「いくら関係がいいからといって所詮《しょせん》は他の家だ。変に探られるのはごめんだ。どうせすぐに噂は回るんだろうが、うるさく口出しされる前にさっさと片付けたいな」

「そうですか。わかりました。それが三代目のお考えならば」

「おれの勘、というかなんとなくの感触でしかないが、この件にはシマもシノギも関係していないような気がする。佐久間の仕事はいたってスマートだろう、それよりもっとどろどろした狂気みたいなものが絡んでいるような……まあただの印象だけどな」

ルールの通用しないチェス盤、昨夜も思ったことをまた考える。

それから二、三の連絡事項を交換しあってすぐに藍田はソファを立った。多忙の中、慌てて駆けつけたのだろう。

「とりあえず私はこれで。佐久間の件は引き続き調べます。なにかわかりましたら真っ先に連絡します」

「お疲れさま。わざわざ手間かけさせて悪かった。くれぐれもむりはしないでくれよ、みなの命はおれの命なんだから」

軽く労《ねぎら》いの言葉をかけると藍田はドアの前で振り返り、なにか言いたげな目をして朝木を見た。しかし結局彼はそれ以上の声を発することはなく静かに執務室を出ていった。

柊とふたりきりになった部屋でひとつのびをして気分を切りかえる。広いデスクにつき棒付きキャンディの包装をはがしながら、柊が告げる今日の予定を聞いた。

「本日は午後にフロント企業役員との会議が二件、夜はうち一件とそのまま食事です」

「じゃあいまのうちに書類を整理するか。ああ、このパズル永遠に完成しないんじゃないか？」

「永遠に楽しめる、と考えるのはどうでしょう」

デスクに広げたままだったホワイトパズルを横にどけ嘆く朝木に、柊が珍しく軽口を言った。少しはのんびりしてくださいとこの男は告げたいのかもしれない。

自分はそんなにぴりぴりしているように見えるのか。確かにいま直面している現実は、いつものように余裕で扱える種類の愉快なゲームではない。だからといって秘書に気をつかわせるとは情けないと顔をしかめて飴を咥《くわ》える。

特に期待もしていなかったのに、なかなかに旨い、珍しい味がしたものだからつい何度か目を瞬かせた。改めてはがした包装を見ると、ほうじ茶ラテ味と書いてある。部下の誰が用意したのだかは知らないが悪くないセンスだといくらか気分がよくなる。

差し出される書類を受け取り、一枚ずつめくりながら指示をした。

「柊。五分外してくれ。鳥羽山《とばやま》につなぎを取る」

飴のせいでくぐもった声になったが柊は聞き取ったらしい。静かに一礼し、すぐに執務室を出ていった。

ドアが閉まる音を聞いてから朝木はデスク引き出しの鍵を開け、素っ気ない携帯電話を手に取った。

確かに少しのんびりしたい。とは思っても、この状況ではどうにもならない。ルービックキューブ片手に事務所の前へ立つような刑事をからかって楽しむ程度が関の山だ。

暗記している電話番号を指先で押した。この携帯電話は鳥羽山と連絡を取るときにしか使わない。

鳥羽山は、一番の敵対勢力である森川組《もりかわぐみ》に舎弟として忍び込ませているスパイだ。

留守番電話に短く「明後日の夜八時、いつもの場所で」と残しすぐに通話を切った。さっさと携帯電話を引き出しに放り込んで鍵をかけ、書類に意識を戻す。

しかし内容がなかなか頭に入ってこない。

ぱらぱらと無駄に書類を乱しながら、なんとなく幼いころの記憶を呼び起こした。いやがりもせず遊び相手になってくれた佐久間の顔が蘇る。

当時からクールな男ではあったが、冷たくはなかった。淡白なだけだ。暑苦しい、いかにも情に厚い人間よりも、朝木にとって佐久間はむしろ接しやすいタイプだった。

顔を見れば反対意見ばかり交わすような仲であれ、佐久間のことは決して嫌いではなかった。シノギの件さえなければきっといまでも誰より慕っていただろう。

ただ、どうしても、シャブをばらまく行為だけは好きになれない。十年以上も前に腕に縋りついてきた友人の、血走ったあの目を忘れることはできなかった。

鳥羽山の留守番電話へ残した日時に、屋敷から直接馴染みの料亭を訪れた。

先代のころから白沢組が使っている郊外の密会場所だ。一度事務所から屋敷へ戻ったのは、朝木の自宅までは張るつもりがないらしい三上を追い払うためだった。組対にこんな場所まで暴かれてしまうのはいただけない。

柊を車に残し、まるで寂れた民家のような戸を開けるとすぐに離れの個室へ通される。

一方的な約束だったのに、鳥羽山はすでに到着しひとり朝木を待っていた。庭に続く襖を開けて外を眺めていた彼は、姿を見せた朝木を振り返り破顔した。

「三代目！　お久しぶりです。あれ、今日は和服ですね。いやあ相変わらず色男だ」

「一度屋敷に帰ったんだよ。妙なマル暴に張りつかれててなあ、追い払うのも一苦労だ」

中羽織を脱ぎ、手を差し出そうとする鳥羽山を制して自分で適当にたたみ部屋の隅に放る。屋敷と同じように暖房などはついていないが、火鉢があるのでそれなりにはあたたかい。

鳥羽山が眺めていた庭は見事な雪化粧に覆われていた。二日前から降り続く雪は今夜もやむ気配がない。

「よく降るもんだ。おまえ、雪は好きか？」

しばらく見蕩れてから襖を閉め問うと、鳥羽山は朗《ほが》らかに答えた。

「こうして見ているぶんには好きですよ。綺麗だし。でも、外で張ってるときにはきついですね。手がこう、凍っちゃって咄嗟に戦闘状態に入れなくなりそう」

「この時期は楽じゃないか。いやな仕事を押しつけて悪いな」

「いえ？　三代目の役に立つならなんでもやりますよ」

鳥羽山は機転がきく聡《さと》い男で、朝木によくなついていた。だからこそスパイに選んだのだが、素直な好意を利用しているようでたまに申し訳なくなる。

三上と同じくらいの年齢だろう。あいつもこの男くらい可愛ければいいのに、ふと三上の謎めいた瞳の色を思い出してそんなことを考えた。

「ルービックキューブをやるといいらしいぜ」

なんとなく言うと、鳥羽山はきょとんと朝木を見た。さすがに唐突すぎた、意味がわからないかと苦笑しながら座卓に向かいあって座る。

「寒くて手がかじかむからって、ずっとルービックキューブで遊んでるやつを知ってるんだよ。面白いだろ？　でかい男が粉雪の中でひたすら玩具転がしてる光景は異様だぜ。いざというとき咄嗟に指が動くようにとは言ってたが、やっぱりただの趣味かな」

「あれ？　なんか引っかかる言いかたですね。お気に入りなんですか？」

「からかってやれば暇つぶしにもなるが、気に入りゃしねえなあ。おれにつきまとってるデカだよ、うっとうしい」

「へえ？　ま、参考にします。ルービックキューブ」

にやにやと笑う鳥羽山に呆れた表情を返しておく。

料理はすぐに運ばれてきた。食事が目的ではないのでさほど豪華でもない和膳だ。それでも鳥羽山は「三代目に会うときは目の保養もできるしメシも旨いから一石二鳥」と目を輝かせた。

食欲があるうちは人間潰れないと先代がいつか言っていた。屋敷に配下が山と集まっていたころだ。周りは敵だらけ、欺瞞の日々、それでも潰れないこの男はタフなのだと思う。

「で、そっちはどうなってる？　どうせ佐久間が消えた件なんてもう知れてるんだろ」

訊ねながら右手で促してやると、鳥羽山はさっそく箸《はし》を手に取った。朝木を待たず、遠慮なく間八《かんぱち》とホッキ貝の造りを口に運んでもごもごと答える。

「もちろん知れてますよ。だから森川組はいま浮き足立ってます。シャブのシノギを広げるチャンスとばかりに白沢のシマへ乗り込もうとしてますが、本部長補佐の藤井さんががんばってますね」

「いま藤井が手を引けば無法地帯というわけか」

「ええまあ。三代目は気に食わないでしょうけど、シャブについては佐久間さん、このへんのストッパーみたいなもんですから」

ふ、と吐息を洩らしてから朝木も箸を手に取り間八を摘まんだ。三代目はなにもわかっていない、藤井にそんなことを言われたと思い出す。

確かに佐久間の仕切りがなければ覚醒剤は余計好き勝手にばらまかれるのだろう。佐久間は慎重な男だ。無駄に危険な橋は渡らない。だからこそシマのシャブは密やかにやりとりされるだけで表にまではあふれない。

それでもだ。そこまで頭のよい、切れる男がそんな汚い仕事に手を染めるのは認めたくない。

「このチャンスのために、森川組が佐久間失踪を仕組んだと思うか？」

考えづらい、とはいえありえないとも言いきれないので一応は訊いた。鳥羽山は目鯛《めだい》の漬け焼きに噛みつきながら首を横に振った。

「いえ。思いません。寝耳に水という感じで事件に関わっているようには見えませんね。森川組の仕込みならもう少し賢く立ち回るでしょう」

「だろうなあ。佐久間を消しておいてむりやりシマを奪うより、人質の指でも一本ずつうちに送りつけては脅し取ったほうが楽だ」

「三代目。おれいまメシ食ってます。あんまり気持ち悪いこと言わないで」

「ああ悪い」

一番の敵対勢力である森川組が白らしい以上、やはりシマがらみではないのか。気持ち悪いと零しながらも貪欲に茶碗蒸しへ手を伸ばす鳥羽山を眺めながら考える。

ヤクザは必要以上に、カタギには理解できないほど様式にこだわる。だからゲームのルールは忘れない。ならば佐久間には敵わない。

ルールを忘れるような狂気とはなんだろう。シャブだとか、色恋だとか、柊は夜の屋敷で確かそんなことを言った。

それらにはまって様式を捨てたヤクザ、あるいはカタギ？

佐久間はシャブの怖さをよく知っている。だからヤクザにせよカタギにせよ、シャブを使って他人を狂わせるようなことはしないはずだ。なにせそうすれば狂人の刃がおのれに向かうかもしれないのだ。

では次。色恋の線はどうだ。

仕事はさておき佐久間は女には手が早い。というよりも半ば消耗品扱いだ。

下手な女にちょっかいをかけるほど馬鹿でも暇でもないとは思う。しかしそのあたりでなにか佐久間にも予期できない一悶着《ひともんちゃく》があったのかもしれない。

外堀を埋めていくと同時にそちらの方面も調べる必要があるか。

「鳥羽山。おれはいま面倒くさいマル暴に張られている。言ったよな」

あっさり茶碗蒸しを空にし、次に海鮮釜飯に手をつけた鳥羽山を見つめて言う。

「だからいままで以上に接触には気をつけよう。変につつかれれば森川組でのおまえの立場が危うくなる」

「三代目、疑われてるんですね」

ちらと釜飯から顔を上げてそう返してきた鳥羽山の目はいたって冷静だった。ひとなつこい男が見せる硬い理性を朝木は気に入っている。

「そうだな。疑ってるやつもいるようだよ。おまえはおれを疑ってるか？」

「まさか。三代目がそんな男ならこんな危ない橋渡ってまで仕えてません。おれは頭がよくて、強くて、子分思いのボスにしかつきません。佐久間さんも含めての子分ですよ。ああ、あと美形は好き」

「面倒をかけて悪いな」

「いえ？　信用されてるということだからおれは嬉しいですよ」

鳥羽山はすぐに視線を落としがつがつと釜飯を掻き込んだ。一生懸命食事を摂る人間は見ていて気持ちがよいと思う。

「信用してるよ。引き続き様子を見ておいてくれ。ああついでにな、佐久間の女についても知りたい。なにか嗅《か》ぎつけたら教えてくれ。色恋沙汰でトラブルがなかったか」

あまりに旨そうに食べるので、自分の前に置かれた膳から釜飯を取りあげ渡してやった。鳥羽山は思いきり嬉しそうな顔をして遠慮なく受け取った。

まるで餌付けでもしているような気分になる。二杯目の釜飯も威勢よく口に放り込む鳥羽山を見ながら、この男の胃には限界がないのだろうか、などと考えた。

「わかりました。もう少し探ってみます。森川組でのおれは所詮下っ端だからどこまで行けるかわかりませんけど。佐久間さんの女についてもできる限り調べましょう」

「むりはすんな。下手を踏むな。なにかあったら逃げていい、おれはおまえの命に責任を持つ」

「わかってます。おれが死んだら三代目が泣くと思えば死ねません」

箸を置き、飢えた子どものように釜飯を貪《むさぼ》る男をただ眺めた。むかしは屋敷で広い座卓を囲んで、上下関係もなくみなでこうして食事をした。それが先代、先々代の方針だったのだ。

親子、兄弟ならば同じ釜の飯を食う。

いまの時代、そんな関係は自分にとって、というより組員にとってうっとうしいだけだろう。

だが、せめて佐久間とだけでもこうして向かいあう時間を取ればよかったと思う。

のんびり景色を眺めて、じっくり話をして、そうすればなにかが変わっていたのかもしれない。


翌日午後一時、組本部事務所で柊が開けたドアから朝木は車の後部座席に乗り込んだ。食事を摂る暇もない。

昨日までの天気が嘘のように空は晴れ渡り、じわじわと雪が解けはじめていた。

「三代目。例の刑事に尾行されていますが。まきますか?」

事務所を出て少し走ったところで柊が淡々と言った。つい欠伸を零した。言われなくとも三上があとをつけてきていることなどわかっている。相変わらず門のすぐ横に立っていた彼が、慌ててすぐそばに停めてある車に歩み寄る姿を見た。

ちらと振り返ると、ぴったり真後ろに車をつけた三上がハンドルを握っていた。隠れるつもりもないらしい。

「好きにさせておけ。別に見られて困ることはしてない」

笑顔で片手を振られて、同じように嫌みたらしくにっこり手を振り向き直った。実にしつこいデカだ。

先日ここに引っぱり込んで悪趣味ないたずらをしてやったのに懲《こ》りないのか。普通はあんなことをされたらさっさと選手交代するだろう。やはりおかしな男だと思う。

車は十五分ほどで目的地に着いた。佐久間が構える事務所だ。

要塞のような組本部事務所とは違い、傍目《はため》にはごく普通のオフィスビルに見える。当然それなりの対策はしているがよくよく眺めなければわからない。

分厚いガラスドアの前に立つと、本部長補佐の藤井が部下に指示を飛ばしている様子が目に入った。常から所作は大げさな男だが今日はまた一段と派手だ。腕を振りあげ大股《おおまた》で歩き回り、そうして士気を鼓舞しているのだろう。

朝木がドアを開けたら、集まっている組員はみな一様に目を見開いた。アポイントメントなしで現れた組長とその秘書にびっくりしたらしい。

朝木は普段佐久間の事務所にはあまり寄りつかないので余計に驚いたのだと思う。口々に「お疲れさまです」とひっくり返ったような声で告げられ頷いてみせる。

真っ直ぐに歩き向かいあった藤井は少し苛立ったような顔をしていた。佐久間が消えたいまは相当忙しいだろうし、朝木はそんなときに会いたい相手でもないはずだ。

というよりは、会いたくない相手か。

「……お疲れさまです」

それでもきちんと口に出した藤井にまずは謝った。

「顔を出すのが遅くなって悪かった。それで、なにか変化はあったか」

朝木の問いに藤井は渋い声で答えた。

「佐久間さんが消えたときから状況は変わりません。もう三週間です。無事でいてくれればいいのですが」

「身代金の要求だとか、そういうのは届いてないのか？　佐久間の身柄と引き替えにシマのシノギをよこせとか。たとえば、森川組」

一応、鳥羽山の話との整合性を取るために訊ねる。藤井はひとつ溜息を洩らしてから低く返した。

「いっさいありません。それどころか森川のところは死にものぐるいで突っ込んでくる。もしやつらが佐久間さんを押さえているなら、あんな無謀はないです」

そうなのだろうな、とは思った。鳥羽山とも同じような話をしたのだ。

緩く腕を組み「そんなに欲しがるならいっそ森川にくれてやればいいさ」と独り言の調子で零す。そのセリフで火がついたのか、藤井は怒気を隠さず朝木に言い寄った。

「だから三代目はわかってないんです。佐久間さんのやりかたは巧いし、節度がありました。もし森川組に渡せばほんとうにこのシマはシャブ漬けになります。いいんですか？　シャブが嫌いなら、だからこそ仕切らなくてはいけないんです」

思わず眉をひそめた。

そうではない。わかっている。わかってはいるのだが。

自分は覚醒剤が嫌いであると同時に、あるいは佐久間がそれに関わるのがいやなのかもしれない。他の誰かならここまで抵抗感もなかったのだろう。佐久間であるからこそシャブを扱ってほしくないのだ、佐久間がその仕事に手を染めるのが悔しいのだ。そんなことをふと考えた。

「おまえはおれが佐久間をどうこうしたと疑ってるか？」

腕を組んだまま問うと、藤井にじっと睨まれた。

「まったく疑っていないと言えば嘘になります。ただ自分は、三代目はそんなひとじゃないと信じたいですが」

「おれは佐久間を嫌っているわけじゃない。シャブが嫌いなだけだ。おれが佐久間を嫌うとしたらそれは、佐久間自身ではなくシャブを両手に抱えた佐久間だよ」

「三代目が佐久間さんになにかしたなら許しません」

あまりに非礼な藤井の物言いに若衆がざわめいた。確かに組長に対する態度ではないが、いまこの男には単に余裕がないということだろう。

信奉する佐久間を失い藤井は頭に血が上っている。そのうえ疑心暗鬼《ぎしんあんき》に囚《とら》われ動きが取れないのだ。

腹の中はどうあれ普段は折り目正しい部下だった。そんな男にきゃんきゃん嚙みつかれたところで、わざわざ叱る気にもならない。かえって逆効果になることは目に見えている。

青い顔をした若衆が数人、さらに食ってかかりそうな藤井を抑えようと歩み出た。腕を解いてひらひらと片手を振り「いい、構うな」と散らす。

それから一度柊に視線を逃がした。柊はじっと朝木を見つめたまま、ほんの僅かに首を左右に振ってみせた。この状況でこれ以上意見のすりあわせはできなかろうという意味だ。

確かに理解しあうのはむりだなと思った。

しばらく黙ってから藤井に目を戻し、質問の内容を変えた。

「じゃあどうして佐久間は消えたと思う？　誰よりあいつのそばにいるおまえならなにかわかるんじゃないか。森川じゃないんだろ？　吉井会も関係ないだろうよ。そしておれはおれじゃないことを知ってる」

かまをかけたつもりではなかった。ただ藤井の見解を聞きたかっただけだ。だが藤井は朝木のセリフに微かな動揺を見せた。

すぐに言葉を返さず眼差しを細かく左右に泳がせる。思案しているというよりも、不意に秘密の不安を言い当てられて戸惑っているような反応だ。

「どうした？　心当たりがあるか。言え」

じろりと顔を覗き込む朝木に、しかし藤井は短く「いいえ」と答えただけだった。

頑《かたく》なな表情を見せられて再度柊に視線を向ける。柊は先ほどと同じようにただ小さく首を横に振った。

柊の示す通り、この場でなにかを訊き出すのはむりかと考えた。

「わかった。今日は帰る。また来るからそのときは」

言いながらガラスドアに足を向けたところで、すぐ外に立っている三上と目が合いつつい言葉を切った。中を覗いていたらしい三上は悪びれもせずにっこりと笑った。

こんなに図太い男がこの世に存在しているのか。思わずひとつ舌打ちをして柊を引きつれ事務所から出る。

「もめてましたね」

あっけらかんと三上に声をかけられ肩から力が抜けた。しかたなく足を止めて答える。

「まあなあ。あいつはおれにいい感情は持ってないだろうから。おれの配下というより佐久間の忠犬だ。そのうえいまは佐久間がいなくなっちまって、ちょっと荒れてるな。しかたない」

「組長相手によくまあ、あんな顔をできるもんです。強気な男ですね。扱いづらい？」

「そうだな。扱いやすくはない。いつもは立場をわきまえているし仕事はできる、頼りにもなるが、あいつの主人はおれじゃないってことだろ」

軽い声で言葉を交わしながらじっと見つめあい互いの真意を探る。胡桃色の瞳は珍しくなにかを言いたげな色をはっきりと映していた。おそらくは自分の目も同じような色をしているのだろう。

そうだ。いくらなんでも藤井があそこまで突っかかってくるのは妙ではないか？　それから最後の頑なな態度はなんだ。

「どう思う」

低く訊ねると、三上も同じような調子で答えた。

「ちょっと変かな、とは思います」

浅く頷いてみせてから背を向け車に歩み寄る。後部座席に朝木を乗せ、自身は運転席に座った柊はゆっくりと車を出しながら「構いませんか」と言った。相変わらず三上が後ろについてくるが振りきらなくてもいいのかという確認だ。

「構わない。このままいつもの店につけてくれ。腹が減った」

シートに深く凭《もた》れて声を返した。あとは押し黙り腕を組んで思考の糸をたぐり寄せる。

スパイの鳥羽山、そして藤井の話を聞く限り、やはり単純なシマ争いではないようだ。ならば昨夜も思ったように計算の通用しない狂気が絡んでいるか。

シャブ、色恋。それから盲信、執心か。そんなものでひとは狂うこともある、いつか示唆《しさ》された柊の言葉を思い出す。

盲信。それはたとえば藤井のような？

三上はどう思っているのだろう。淡い色の瞳はなにを伝えたかったのだろう。車窓の景色を眺めながら、あの男の頭の中を覗いてみたいと思った。

街の外れの寿司屋に着いたときには午後二時を回っていた。

店の前の狭い駐車場で車を降り、同じようにセダンから姿を現した三上の手首を引っ摑む。

「メシを食おうぜ。どうせ食ってないんだろ？」

三上はまずきょとんとして、それから朝木の指を解こうとした。振り払うというほど強い力ではない。ただ単に、そんなつもりはありませんと示す仕草だった。

「いや。ええまあ食べてませんけど、一緒に食べるのは変です。供応を受けるわけにはいきません、そんなの癒着の第一歩です」

「誰がおごるなんて言ったよ。てめえはてめえの金で食え。いいからつきあえよ、おれと話がしたいんじゃねえのか」

朝木がそそのかすと三上は一瞬黙って考え、それから「わかりました」と大人しく従った。中途半端な時間のせいか扉を引いた店内に先客はない。実質、朝木と三上、それから遅れて続いた柊三人の貸しきり状態だ。

「あれ？　見ない顔だ。そっちの髪が茶色い、若いのは新入りですか？　なかなかいい男だ」

顔馴染みの店主が朝木に声をかけた。新入りというならまあ組対の新入りか。ジャケットを脱ぎながら頷いて、三上と隣りあいカウンターに座る。

柊は入り口が見える隅の席に黙って腰かけた。他の客が入ってきたら止めてくれと視線で指示してから店主に注文する。

「今日のネタを旨いほうから順に握ってくれよ。完全に空腹だ。おれと柊と、あとこの茶色い兄ちゃんに」

「ちょっと待って。僕はそんなに金持ちじゃないです、今日は財布がさみしいです。こんな高そうな店で時価の寿司なんか食べられません」

「有り金置いて帰ればなんとかなるんじゃねえの？」

「むりです。あ、僕にはお茶ください。お茶だけ」

おしぼりを受け取りながらにこりと店主に笑いかける三上の横顔を見て、面白い男だなと思う。

カウンターに寿司と湯呑み茶碗が置かれるまで無言で待った。それから、手を伸ばす前に隣へ座る三上に視線は向けないまま言った。

「どう思う」

佐久間の事務所前で発した問いと同じ言葉になった。

三上は旨そうに茶を飲んでから特に感情も交えぬ声で答えた。

「朝木さんはいま、容疑者候補としては僕の中でランクダウンしました。見ている限り、そして調べた限りそんなに隙《すき》があるひとじゃない。馬鹿じゃない」

「お褒めにあずかり恐縮だねえ」

軽く返してトロを口に放り込むと、三上は茶を啜《すす》って言葉を続けた。

「あなた、シャブ嫌いなのはほんとうなんでしょうね。橋場さんも言ってましたし、佐久間の補佐とは喧嘩。どうして？」

つけ回されようが唐突に図々しい質問をされようが、涼やかな印象が崩れないのは得な性質だろう。

こころのやわらかい部分を不意に突かれたみたいな感覚に、つい眉をひそめた。ようやく三上に視線を向けて手を伸ばし、指で唇《くちびる》に触れてやや強引に開かせる。

意味がわからないというような顔をしている三上の口に、蟹《かに》の乗った寿司を突っ込んだ。

「むかし、カタギの友達がシャブで死んだんだよ、大学のときだ。今度十三回忌だ」

いきなり詰め込まれた寿司を吐き出せもしないらしい。三上は目をぱちくりさせながらもぐもぐと口を動かした。

彼が喋れないでいるあいだに淡々と告白を連ねた。

「おれはヤクザの血筋だからな、カタギは怖がって近寄ってこない。なのにあいつは平気でおれの隣にいた。はじめてできた親友だったんだ、元気で明るくて優しくてなあ。そんなやつがシャブをどこで手に入れて、どうして使ったのかは知らねえよ。だが、シャブがあいつを殺したことは知ってる」

三上は寿司を咀嚼《そしやく》しながら二度頷いてみせた。まだ声が出せないようだ。どうしてこんな男にこんな話をしているのだろうと思いながら続ける。

「おまえヤクザだろ、薬をくれって縋りつかれて、ぞっとした。おれの腕を摑んだあいつの指、怪物みたいな力だったよ。目は血走っててもう別人だった。シャブってのは簡単にひとを狂わせる。壊す」

三上はそこでやっと寿司を飲み込んだらしい。茶をひとくち飲んで「おいしい蟹ですね」と暢気な感想を述べてから、真っ直ぐに朝木を見て言った。

「なるほど。だからシャブなんか見たくない？　部下がシャブを売買するのが許せない？」

「おまえなぁ。面と向かっておれの部下を売人の元締め呼ばわりするんじゃねえよ。どいつもこいつもおれと佐久間が不仲だと思っているようだが、おれは佐久間が嫌いじゃない、というか結構気に入ってる。ガキのころ散々遊び相手になってくれたしな。だからおれは多分いま、悔しいんだ。やつがおれの嫌いな仕事からどうしても手を引かないことが悔しい。さっき藤井と話しながらそんなふうに思ったよ」

三上はしばらく朝木をじっと見つめたまま黙っていた。それから小さく吐息を洩らして、どこか優しいような、甘いような声で呟いた。

「あなたは、清廉だ」

「馬鹿か。おれはヤクザだ、おまえ曰《いわ》く悪党だぜ。気味の悪いことを言うんじゃゃねえ」

三上の言葉につい舌打ちしてから、雑に返した。

清廉。それは自分こそが三上に抱いたイメージだ。

自分相手にここまでぺらぺら好き勝手なセリフを吐ける度胸は買うが、やはり妙な男だ。面白いのだかいけ好かないのだかわからない。お上品ななりをしておいて少々変人だろう。

覚えた小さな動揺をごまかすために海老《えび》の寿司を口に運び、三上の唇にはハマチを押し込んだ。もう慣れたのか三上は素直に寿司を食べてから茶を啜り、そこで話題を変えた。

「それよりあの補佐、なにか隠しているんじゃないですか」

陰鬱な記憶にはこれ以上踏み込みません、すみません、と言外に伝えられているようだった。図太い男のくせにおかしなところで繊細なんだなと思い、知らず身構えていた身体から力が抜ける。

「おまえもそう思うか」

「単に佐久間の信者なのかと思いましたけど、最後、少し変な顔をしました。驚いたような困ったような、なにかを隠すような。どんな話をしてたんです？」

「どうして佐久間は消えたと思うか訊いただけだ。仕事の話をしても平行線で、佐久間について新しい情報も事実も見えてこなかった。だからあいつの考えを知りたかった」

「そうしたら、黙った、と？」

三上の言葉にひとつ頷いて返す。なにかを隠すようなと言われてしまえばその通り、藤井には自分に知られたくないことがあるのだろう。確かにそんな反応だった。

藤井はどんな情報を、事実をのみ込んだのか。

「じゃあ、あなたはどうして佐久間が消えたと思ってます？　あなたが犯人じゃないと仮定して」

ご丁寧にもまだ疑いを解いたわけではないと示されはしたが、事実ランクダウンはしたらしい。

朝木を探るというよりも、同じ事件を追う仲間内に使う声だった。

三上から視線を外し、腕を組んで考えながら答える。

「仕事上のいざこざじゃなく、もっとぐちゃぐちゃしてるんじゃないかとは思う」

「ぐちゃぐちゃ？」

「言葉の通じない人間が関係してる気がする。佐久間は頭がいいんだ、口も巧い。たいがいのやつなら言いくるめられる。なのにそれができないやつがいるとしたら、そいつには佐久間の言葉が通じないんだろ」

「つまり、言葉も通じないほど理性が飛んだ人間が絡んでいる？　その人間は、計算や理屈ではなく感情で動いている」

腕を組んだまま軽く頷いた。あえて曖昧《あいまい》な言葉を選んだのに、簡単に理解してしまったこの男は思う以上に聡いのだろう。

湯呑み茶碗を睨みながらふと佐久間の顔を思い出した。反対意見を言いあうときでさえ理詰めで喋る男だった。だからこそ朝木は佐久間をねじ伏せることができなかったのだ。

淡白な男はあるいは他人の感情を、その強さを感覚として知らないのかもしれない。

「身代金の要求だとか、そういうものもいっさいない。だからって佐久間自ら失踪したわけじゃないだろう、あいつには消えなくちゃならない理由がないんだ。誰かが佐久間を、佐久間の意思に反して隠していると考えるのが自然だよ」

「その目的は佐久間を白沢組から奪うことだけ？　ああいや、そうじゃないですね。もう組なんて関係ないのかな。犯人はただ佐久間を所有したかった、だから持ち去った、ということでしょうか。佐久間の声さえ聞こえなくなるほどに、欲しかった」

「だとしたらそんなのまともじゃないだろ。理性が機能している人間ならもっと巧く立ち回る。こんなふうにマル暴やらヤクザやらを振り回しやしねえよ、自分が危なくなる」

腕を解いて椅子の背に凭れ、ひとくち茶を啜った。思考の奥まで読むようなセリフを平然と返してくる三上が、少し不気味だ、と思った。

いまさら浄化できない腐敗を憎む明晰《めいせき》な男の瞳は、センサーみたいになんでも見つけ出してしまう。組織にしてみれば扱いきれる歯車ではないか。

後ろ暗ければ後ろ暗いほど厄介払いもしたくなるだろうなと納得する。

「なあ志津香。ひとはどんなときに理性が飛ぶと思う」

湯呑み茶碗をカウンターに戻してから問うた。三上はやはりあっさりとした声で答えた。

「ドラッグ、怨恨《えんこん》、痴情《ちじょう》のもつれ……人間簡単に狂いますよ」

この男は人間が簡単に狂うさまを見てきたわけだと思った。

なのになぜ、こうもお綺麗なままでいられるのか。無傷を気取って笑えるのか。

不意に携帯電話の着信音が鳴ったのはそのときだった。三上だ。スーツを探りながら、失礼、と席を外す背をいっとき眺め、それから朝木も立ちあがった。

電話をよこした相手はどうやら組対の覚醒剤担当、雪野らしい。理知的な風貌に鋭い目を持つ男だ。

「はい。そうです、僕は朝木さんのところに。雪野さんのほうはなにか出ましたか」

特に声をひそめるでもなく喋っている三上へ歩み寄り腕を摑んだ。朝木の唐突な行動に驚いたような顔をしている彼を、そのまま店の奥にあるトイレへ引きずる。

あなたは清廉だ、先ほど聞かされた言葉が頭の中に蘇った。ヤクザ相手に清廉もクソもあるか、僅かな居心地の悪さがすぎたあとに覚えたのは小さな苛立ちだった。

ならば正体を見せてやろう。

広い個室に引っぱり込み、閉めたドアに三上の背を押しつける。さすがに慌てたのか彼は携帯電話を離して「ちょっと」と短く文句を言ったが、すぐに通話に戻った。

「いえ、すみません。なんでもないです」

平然とした、すました調子だった。それに余計腹が立つ。と同時に興味をそそられた。

こいつの余裕はどこまでしかけてやれば崩れるのだろう。

わざとらしくにやにや笑いながら、いつかと同じように股間をまさぐってやった。片手で追い払おうとする三上に構わず携帯電話の音量をマックスにする。

『どうせシマかシノギがらみだろう。ならば三代目を追い回しても無駄だ、仕事上の問題でやつがぼろを出すとは思えない』

ジャケットをはだけさせ、回線越しに雪野の声を聞きながら乾いたタイルにひざまずいた。三上の手を叩いてどかしベルトに指をかける。

三上は朝木の肩を押しのけようとしつつも、やはりいつも通りの涼しい声で話を続けていた。

「それが、ちょっと違うかもしれません。というより、はっきり違うと思います」

『違う？　どういう意味だ』

「絡んでいるものの種類が違うという意味です」

ベルトのバックルを外し、下着ごと服を膝のあたりまで引き下ろしてやった。張りのある筋肉をまとう脚と、反応していない性器がむき出しになる。

そこで諦めたように肩から三上の手が離れた。

つい、くつくつと喉《のど》の奥で笑ってしまう。こんなもの抵抗しようと思えばいくらでもできるだろう。まずは携帯電話を切ってあとは腕をひねりあげればいいだけだ。接近戦では負けないと本部事務所の前でこの男は言っていた。

なのに軽いじゃれあい程度で三上はあっさり手を引く。計算なのかただの好奇心なのかは知らないが、彼は本気ではこの行為を拒んでいないわけだ。

「佐久間は相当頭が切れる男のようです。シマとかシノギとかでそんな下手は打たないんじゃないか、と僕はいま思っています」

三上は相変わらず落ち着き払った調子で話をしている。その声は乱れるのだろうか、少しは焦るのだろうか。妙なプレイでもしているようだと思いながら三上の性器に触れた。

てのひらで包み込むように握りゆっくりと扱《しご》く。三上は身じろぎもしなかったが、それが徐々に芯を持っていくのは当然感触でわかった。

車の後部座席に引っぱり込んだときにはぴくりともしなかった。ここまでしてやればこいつでもちゃんと感じるのかと満足する。

ボディソープとは違うオスのにおいは好ましかった。すました顔をした男が自分の手で興奮していくさまを眺めるのは気分がよい。

露骨な動きで両手を使いながら上目づかいで三上をうかがったら、ぴたりと視線が噛みあった。

三上はいたって冷静な表情のまま朝木を見下ろしていた。思考と性欲を完全に切り離せる種類の人間であるらしい。

そうでなくては面白くない。簡単に快楽に落ちるやつなどつまらない、落とす価値もない。こういう生意気な男を欲で染めてやるのが愉快なのだ。

いやらしく笑いかけてやると、三上は僅かに目を細めて返した。底の見えない胡桃色の瞳は、だがいまなんらかの感情を映しているようにも見えた。

透明な湖に一滴墨が落ちたくらいの僅かな色のニュアンスだ。そこにひそむものは困惑でも嫌悪でもない。

いやに真摯《しんし》で穏やかで、あるいはこれは、慈愛？

『じゃあなんだ。シマでもシノギでもないなら他になにがある』

どこか苛立ちを含んだような雪野の声が聞こえてくる。三上はじっと朝木を見下ろしたまま落ち着いた様子で答えた。

「知性では御せないような怨恨とか、あるいは痴情のもつれとか。金、所場、面子、そういう計算で割りきれる理由じゃなくて、もっとどろどろしたものが絡んでいるんじゃないかと思います」

『佐久間がそんなものに巻き込まれるか？　やつは聡いし悪賢い』

「だからこそ、そんなものに巻き込まれるのかもしれない。感情論では理屈が語れないように、理屈で動く人間には感情論が理解しきれません。わからないから足元を掬われる」

あくまでも平静を崩さない三上の態度にぞくぞくした。

この男から理性を引っぱがしてやったらどんな顔をするのだろう、野性を引っぱり出してやったらどんな声を出すのだろう。想像するだけで、触れられてもいない身体がなぜか勝手に熱くなる。見てみたい。聞いてみたい。

もう引き返せまいというところまで高めてから、先端をねっとりと舐めあげた。唇を大きく開き、舌の動きを見せつけるように絡ませる。

あえて目はそらさなかった。こういう男にはこんなやりかたのほうが効《き》くだろう。

しばらくは張り出した部分だけを丹念に愛撫した。それからわざとらしくぴちゃぴちゃと音を立て根元のほうまで舐め回してやる。

口元に触れる少し硬いアンダーヘアは当然鮮やかな胡桃色だった。肌と肉の色に溶け込み、いやになるほど性的に感じられる。

隙間なく舌を這わせ唾液でべたべたにした性器が完全に勃起したころに深く咥えた。

三上はさすがに一瞬息を詰めたが、携帯電話に話しかける声には変化がなかった。

「とにかくもう少し朝木さんと話をしてみます。内部事情を訊き出すには最適な相手だし、なにより聡明なひとです。糸口が見えるかもしれない」

はあ、という雪野の派手な溜息は朝木の耳にまで届いた。見た目の印象から冷めた男なのかと思っていたが、案外人間くさいところもあるのかもしれない。

『三代目に深入りするな。さっさと帰ってこい』

最後に命令口調で告げたあと、雪野は三上の反論は聞かずにぶつりと通話を切った。呆れた、というより雪野は諦めたのだろう。風変わりな新入りを持て余している様子がありありと伝わってくる。

三上は会話を一方的に切りあげられたことなどは気にもしない顔で携帯電話をしまった。それから、ひざまずき性器に食らいついている朝木に向かってようやく声をかけた。

「朝木さん。そのままされたら僕出てしまう。いたずらなら放してください、負けを認めますから」

いたずら、という言葉が少し引っかかった。これはいたずらなのだろうか、男を咥え火照《ほて》りはじめる頭で考えてもよくわからない。

引っかかったものだから余計むきになったのだと思う。軽く髪を引っぱられたが構わずに、むしろなお強く吸いあげた。

「ふ……っ、んぅ、は」

目を閉じて口腔の感覚に集中する。貪っているのは、犯しているのは自分であるはずなのに、まるで自分こそが侵略されているような気分になった。

この興奮の正体はなんだろう。

上顎《うわあご》を先端が強くなぞるたびに知らない快感がこみあげる。それを教えてやりたくて、絞めた唇で逞しい性器をぐちゅぐちゅと擦《こす》り立てた。

同じだけ感じろ。同じだけ昂ぶれ。

しばらくくり返してやると、頭上に三上の僅かに掠れた声が聞こえた。

「ああむり。ほんとうにいっちゃいます。いいんですか？」

はじめて聞く、余裕の欠けた口調だった。

いまこの男はごまかしもなく自分で感じているのだ。そう思ったらぞくぞくと肌が粟立《あわだ》った。

小さく頷いて答え、促すように片手で根元を扱いたら、そこで強く髪を摑まれた。

「んッ、う……、ん！　んっ」

「出ます。ごめんなさい」

有無をいわせぬ力で股間に頭を引き寄せられる。喉の奥にまで突き立てられ反射的に抗う前に、どくりと脈打つ性器に口の中で射精された。

途端によく知る味が舌の上に広がった。三上が放った快楽が自分のものであるかのような錯覚に囚われくらくらする。

「んん……っ、はぁ」

神経の端をつなぎあわせてしまったみたいだった。どうしてこうも目が回るのか、なぜこんなに身体が熱くなるのか、眩《くら》む思考ではやはりよくわからない。

三上はすぐに朝木の髪から手を離した。さっさと放せ、吐き出せということなのだろう。朝木はためらわず口に注がれた精液を飲み込んだ。自分の喉がごくりと鳴る音がいやに生々しい。

三上の精液はひどく複雑な舌触りがした。

手と唇を使って最後まで啜りあげてからようやく口を離す。きつく閉じていた瞼《まぶた》をゆるゆると開けると、じっと朝木を見下ろしている三上と視線が噛みあった。

どくりと心臓が跳ねた。

いつだってすかしているくせに、どうしてこの男はいまこの瞬間に切なげな目をしてみせるのだろう。

「さみしいです」

不意に告げられた言葉の意味が咄嗟にはわからなかった。

眼差しだけで問い返すと、三上はひざまずく朝木の腕を掴み身体を引っぱりあげながら「あなたがです」とつけ足した。

「さみしい？　おれが？　なにが？」

その手に従って立ちあがり軽く咳《せ》き込みながら問うたら、三上は微かに眉を寄せて答えた。

「ヤクザの血筋に生まれて、組長になるべく育てられて、あなたはきっとむかしから気を抜ける場所も相手もいないんでしょう。ようやくできた親友も死んでしまった」

「……だから？　だからおれがさみしいのか？　冗談言うな」

「冗談なんて言ってません」

三上はそこで一度言葉を切り、乱れた服を整えた。それから、聞き慣れないセリフに半ば呆然《ぼうぜん》としている朝木へ真っ直ぐ視線を戻して続けた。

「あなたはいまたくさんの配下に囲まれていながらとても孤独なんです。責任に押し潰されそうで息苦しい。だからこうして一瞬逃避するんじゃないんですか。利害関係にも上下関係にもない僕を相手に」

一瞬の逃避。そのセンテンスがやはりすぐには理解できず、少しして理解し途端に鳥肌が立った。そうではない。そんなふうに考えたことはない。だが、あるいはその通りなのかもしれない。さみしくて孤独で息苦しくて、だからひとときの興奮に、快楽に縋る。そうしないと気を抜くこともできないのか。

軽く鼻で笑って、馬鹿馬鹿しい、こんなものは三上の洗脳だとその思考を追い払った。性的な接触で潤《うる》んだ頭に妙な弱みをねじ込もうとする。やはりたちが悪い男だと思う。

「アホか。ガキがさえずるんじゃねえ。おれはなあ、残念ながらそんなに可愛いやつじゃないんだよ。女だろうが男だろうがクソ生意気な相手を色で落としてやるのが面白いだけだ、言わなかったか？　これがおれの趣味、暇つぶしなんだよ」

「構いませんよ。朝木さんがそう言うならそれでいいです。でも、ほんとうにそれでいいの？」

「じゃあひとつ教えてやろう、志津香。おれはおまえみたいにお綺麗な男を見ると無性に汚してやりたくなるんだぜ」

「僕がお綺麗？　あなたこそアホですか」

肩のあたりで両手を開く仕草はどうやら三上の癖らしい。

なにかまたこころを見透かしたようなセリフが続くのかとつい睨みつける。だが、三上にそのつもりはないようだった。にやりと唇の端で笑う表情はえらく色っぽくて、こいつのこんな顔ははじめて見たなとかえってうろたえる。

「お返ししましょうか？　男をしゃぶったことはないですけど、がんばってあなたの真似をしてみましょう」

「いらねえ。ほんとうにやる気もないくせに抜かしてんじゃねえよ。だいたい下手くそなやつに咥えられても痛いだけだ」

くだらない冗談に呆れ、三上の長い脚を軽く蹴る。三上は痛がるふりもせず平然と返した。

「ねえあなた、佐久間にはこんなことしてませんよね。佐久間と寝てませんよね？　寝たというなら容疑者候補としてまたランクアップしてあげます」

三上の言葉に思わず再び、今度は少々本気で蹴りつけた。馬鹿馬鹿しいにもほどがある。答える声は腹の底からうんざりした調子になった。

「おれと佐久間はそういうんじゃない。何度言えばわかるんだ？　おれは組のやつに手を出すほど飢えてないんだよ」

三上はくすくすと笑って頷いた。本気で疑ったわけではなく、これもまた三上なりのジョークだったらしい。

軽やかな笑い声と表情に毒気が抜けてしまった。ついでに、先ほどまで感じていた僅かな動揺もそれゆえの苛立ちも消えていく。

髪を直すために伸びてきた三上の手を受け入れた。さらさらと撫でられながら、自分と彼との距離がひどく縮まってしまったような気がしてぞくりとした。

たったこれだけの行為、たったこれだけのやりとりで、だ。

性欲を共有し、遠慮もなく感情をつつかれ、自分は三上に踏み込む一歩を許したのか。その感覚は、どこの誰とどんなに熱く深く絡まろうとも触れたことのない、こころの底で知る快楽だった。

互いに身なりを整え確認しあってから店内に戻り、ふたりで茶を飲んだ。要求されたので特に抵抗もなく私用の携帯電話番号を交換した。

妙だ、変だ、とは思った。

いったい三上のなににこうもあっさり絆《ほだ》された？

少しのあいだとりとめのない話をしてから立ちあがり、現金をカウンターに置く。朝木と柊のふたり分だ。同じように腰を上げた三上はそこで困ったような顔をして朝木を見た。

「どうしましょう。僕もちょっと食べてしまいました。有り金を払います」

は、と笑ってしまった。どうにも摑みづらいしたちも悪いには違いないが、やはりなかなか面白い男なのかもしれないと思う。

「いらねえよ。旨いもん飲んだから、ちゃらだ」

「旨いもん、ですか……」

「おまえの精液なんだか複雑な味がするんだな」

店主がすぐそこにいる寿司屋で平然と言った朝木に、三上はまず少し目を見開いた。それから視線を外してさも呆れましたというように溜息を洩らす。

柊はすべて知らぬ顔をして先に立ち扉を引いた。

「志津香。おれはもう事務所に戻って雑用に追われるだけだぜ、これでも暇じゃないんだ。だからついてこなくていい」

車の後部座席に乗り込みながら声をかけると、三上はにこりと笑って答えた。

「お供します。門の外で凍えましょう、僕だって遊んでいるわけではないです」

「ああそうかよ。せっかくおれが優しく諭《さと》してやってるんだから聞けばいいのに。じゃあまあ、せいぜいルービックキューブの腕を上げてくれ」

ひらひらと朝木が手を振ったタイミングで柊がアクセルを踏んだ。走り出す車のシートに深く凭れ、ドリンクホルダーに詰め込んだ飴に手を伸ばす。

無意識に苺味を摑み、そしてまた無意識に、苺かな、と言った三上の声を思い出した。

あの男と一緒にいるとどうしてか落ち着かない。こころのどこかがなぜかざわめくような気がする。

同時に、いやに落ち着く。安らぐ。この相反する感情はなんだろう。

一瞬後ろを振り返り、三上の車がぴったりくっついているのを確認し前へ向き直った。飴を口に放り込んでから、黙ってハンドルを握っている柊になんとなく声をかける。

「なあ柊。おれは気を張っているように見えるか。さみしくて、孤独で、責任に押し潰されて息苦しそうに見えるか」

柊はしばらく黙ったあと、淡々と声を返した。

「見えない、とは言いません。見える、とも言いません」

「そうか……」

見える、とこの男は言いたいのだろう。

腕を組み、よく晴れた車窓に視線を投げた。道路の隅に追いやられた解けかけの雪が街の空気で灰色にくすんでいる。

降っているあいだは汚れを隠して美しいのに、その汚れは陽光の下にあっさり露呈してしまうのだ。


それから数日後の午後三時、僅かな休憩時間に朝木はデスクでホワイトパズルを眺めていた。

三上と寿司を食べたあの日から冬の快晴が続いていた。空は抜けるように青く、アスファルトの雪もほとんど解けて消えている。

飴をひとつ口に運びかけたところで胸元の携帯電話が鳴り、しかたなくガラスポットに戻した。私用の携帯電話番号を知っている人間は多くない。

液晶には案の定、三上の名前が表示されていた。少し考えてから結局は電話に出る。

「白沢」

ぶっきらぼうに名乗ると、三上の爽やかな声が聞こえてきた。

『三上です。あれ？　朝木さん機嫌悪いですか？』

「優雅に休憩してたのに邪魔されれば誰でも不機嫌になるだろ。それで？　用件はなんだ。さっさと喋ってさっさと切れ」

三上は、冷たいなあ、といやに親しげに零してから続けた。

『僕今日の午後、会議が入ってしまったのであなたを張れません。顔が見たかったのに残念です。だからくれぐれも大人しくしていてくださいね。余計なことはしない、余計な外出もしないでください』

「どうしておれがおまえの指示に従うんだ？　おれは勝手になんでもするし、どこにでも行くぜ。暇じゃねえんだよ」

『僕に会えないのはさみしいですか？』

「ああ、ああ、実にさみしいねえ。志津香ちゃんのお綺麗な顔が見たかったのに、おれも残念だよ」

わざとらしく大げさに嘆いてやってから一方的に通話を切り、携帯電話をスーツにしまった。三上を相手にするとどうにも調子が狂う。

それが誰であれ、少々唇を使ってやったところでこんなふうに感じたことはなかった。妙に鋭いセリフを吐かれたからだ、躊躇なくこころの内側まで踏み込まれたからだと思う。

あの男はたちが悪い。白沢組の長を前にああも図々しい態度を取る人間はあまり見たことがなかった。

だが、だからこそ面白い。のかもしれない。

次に携帯電話が鳴ったのは数分後だった。今度は胸元ではない、デスクの引き出しの中でだった。スパイの鳥羽山と連絡を取るときにしか使用しない電話なのだから当然相手は知れている。たいがいの場合は朝木のほうから電話をかけるから、素っ気ない呼び出し音をこうして聞くのは珍しい。

ちらと目をやると、入り口付近の机についていた柊が立ちあがった。一礼して執務室を出ていく背を眺め、ドアが閉まってから引き出しの鍵を開ける。

携帯電話を耳に当てたら名乗る前に鳥羽山の声が聞こえてきた。

『三代目、当たりです。女です』

興奮した口調でそう言われた。短く「そうか」と相槌《あいづち》を打ち続きを待つ。

こんな時間に鳥羽山から連絡をよこすくらいなのだから重要な用件なのだろう。とはいえこちらが急《せ》いては話がもつれる。

朝木の淡白な調子に鳥羽山も少しは落ち着いたらしい。一拍置いてから、はっきり、しっかりとした声で告げた。

『言われた通り佐久間さんの女について嗅ぎ回りました。そうしたらきなくさいのが出ましたよ。三代目、なにか知ってたんですか？』

「知らないよ。だからおまえに頼んだんだろ。それで、なにがわかった」

『いや、嗅ぎ回ったなんて偉そうに言うほどでもないかな？　佐久間さんがこっちの、森川組幹部の女に手を出していたという話を耳にしました。組員の四方山話《よもやまばなし》を聞いただけですが事実のようです。なにせその女、いま行方不明です』

ぞくりとした。行方不明の佐久間が手を出していた女が、行方不明。確かに相当きなくさい、関係がないわけはないだろう。鳥羽山が逸《はや》る気持ちもよくわかる。

「なるほど……。わかった、ありがとう。引き続き頼むよ。ああ、くれぐれも気をつけろよ、むりはするな」

森川組幹部、女、行方不明。いきなり飛び込んできた情報を頭の中にしまいながら労いの言葉をかけ通話を切った。それから携帯電話を引き出しに放り込んで鍵をかけ、慌ただしく立ちあがりコートをまとう。

ドアを開けるとすぐそこに立っていた柊が少し驚いたような表情をした。そんなに焦った顔をしていたかと雑に髪を掻きあげてごまかす。

「車を出してくれ。佐久間の事務所へ行く。連絡は入れなくていい」

突然訪れたほうが補佐の藤井は隙を見せるだろうと判断した。

柊は「承知しました」と静かに答えて一度執務室に戻り、後始末をしてからキーを手に戻ってきた。普段であれば先を歩かせるが、つい前に出てエレベーターに乗り事務所をあとにする。

車の後部座席に埋まっているあいだに腕を組み考えた。

藤井があの日のみ込んだのは、頑なに隠した情報とは、これか。

佐久間の事務所のガラスドアを開けると、先日同様藤井が一階で檄《げき》を飛ばしていた。唐突に現れた朝木にやはりまず目を見開き、それから僅かな苛立ちを浮かべる。

「内密な話をしたい。おまえもきっと他の人間には聞かれたくないだろうな」

お疲れさまです、という決まりきったセリフを聞く前に告げると、藤井は少し顔を引きつらせた。困惑の、あるいは怯《おび》えの顔だ。

すぐに通された執務室は佐久間がいたときとまったく変わった様子はなかった。デスクの上へ積まれたままの書類を目にし、いままで佐久間がそこにいたかのような錯覚に囚われる。

まるで死んだ人間の部屋を保存してあるようだと思い、つい眉をひそめた。

朝木が窓際のソファに腰を下ろしても藤井は向かいには座らなかった。当然佐久間のデスクにもつかず、立ったまま朝木の顔を見る。

「佐久間のやつ、森川組幹部の女を寝取ったらしいじゃないか?」

真っ直ぐ視線を返してそう言うと、それまで黙って待っていた藤井は露骨に動揺を見せた。

「……どこでそれを」

「どこでもいいだろうが。事実かどうか訊いてんだよ」

あえて乱暴な言葉を使って問う。藤井はしばらく視線をそらしていたが、それから唸るように「事実です」と答えた。

ふ、と吐息を洩らす。やはりこの男は知っていたのだ、知っていて隠したのだ。そう思うとあの日に藤井が見せた頑なな表情にも納得がいった。

藤井の目に浮かんだのは反感というよりも懇願《こんがん》だった。

「ただ、寝取ったなんて言いかたはしないでください。佐久間さんにとっては計算だと思います。佐久間さんは女を使いはしますが、いずれにしてもただの遊び、あるいは損得尽くです。色にうつつを抜かすようなひとではありません」

「女も消えたらしいな? どこに行ったかわかるか」

「わかりません。聞いた話ではシャブ漬けにされて売られたらしいですが、その詳細は知りません」

「シャブねえ。佐久間の仕事、ではないとは思うがな」

テーブルを指先で叩きながら独り言の口調で呟いた。

どのような目的があろうと佐久間がそんなに馬鹿げた真似をするとは考えにくい。商売道具にしているのだからヤク中のたちの悪さなど誰より知っているだろう。漬けたはいいが牙をむかれたら手に負えない。

では森川組？　裏切った女を覚醒剤の化け物にして売る。ありえないとは言いきれないが、森川に忍び込んでいる鳥羽山の口からはそのような情報は出ていない。

「なぜおれにそれを言わなかったんだ？　ずいぶんといい態度だな？」

硬い表情をして黙っている藤井にきつい調子で訊ねると、苦悩をうかがわせる声で返された。

「……佐久間さんの失策だと思われたくなかったです。佐久間さんが消えたことと、女が消えたことのあいだに関係があるかもまだはっきりしていません。三代目にはせめて事実がわかってから報告しようと」

「おまえ、おれを誰だと思ってるんだ？　そろそろ頭を冷やせ、義理を欠くな。おれがいつまでも黙っていると思うなよ」

低く言いはしたが、それ以上責める気にはならなかった。いま藤井は言い訳をしているわけではないのだろう、ならばここで派手に叱り飛ばすのは最善手ではないように思われた。

口を閉じ、ひとり腕を組んで考える。

シマ、シャブ、女、こうなるともう意味がわからない。シマではない、シャブも想像しづらい。ならばもっとどろどろとした、たとえば女の線はどうかと仮定していたが実はすべてが絡んでいるのか。

　腕を組んだままつい零した。

「森川の女に手を出すなんて、佐久間もなんでそんなアホなことをしたんだか」

　藤井はその言葉に眉を歪めた。佐久間を愚弄されたと思ったのかもしれない。

「敵対勢力の情報を取ろうとしたのではないでしょうか。だから、計算です。もしもこの件が佐久間さんの失踪に関係があるのだとしたら、その計算がどこかで狂ってしまったのでは。佐久間さんに限って女それ自体に狂うということはないです」

「まあそうだろうな。あいつにとっては女なんてただの道具だ。その道具から単に情報を取ろうとして、だが女はなにも知らなかった。だから……見せしめ？　そんなことがあるのか？」

「佐久間さんがわざわざ女をシャブ漬けにすると思いますか？　しかも売る？　自分にはしっくりきません」

「ああ。おれもだよ」

　と返しはしたものの、ならばなにが起こっているのか。考えても皆目わからない。

　しばらくふたり黙り込んでから、これ以上長居をしてもしかたがないと佐久間の事務所をあとにした。車の中で柊に声をかけ予定を確認する。

「今日は確か、これから夜まで吉井会の会合が。さすがに外せないよな、じいさんどもに叱られるのは面倒だ」

「はい。外せないでしょう」

「明日の夜は空いてたな？　柊、空けたままにしておいてくれないか。ちょっと野暮用がある」

「承知しました」

どんな用件ですかと訊ねないところがいつもの柊だ。

それから本部事務所に着くまで無言で考えた。消えた女にはなにかがある。ホワイトパズルのピースみたいに絵が見えずともすべてがぴったりはまる場所がある。直感というよりも確信だった。偶然にしてはできすぎているのだ。

なにかがある、はずなのにその正体がわからない。

ゲームは難易度が高いほうが面白い、いつでもそう思っていた。後ろ暗い金だの物だの物騒な駒を操り、日陰に開いた穴をひとつずつ埋めていく作業は愉快だ。

だが、いま組み立てたいパズルにはひとの温度がある。ただのお遊びではないのだ。

幼い手を引いてくれた佐久間のてのひらは、あたたかかった。


翌日の夜十時間近、座敷の襖を細く開け朝木は雪景色を眺めていた。

昨日までの天候が嘘のように牡丹雪《ぼたんゆき》が夜空から落ちてくる。広い庭はあっというまに真っ白に覆われた。情緒的で美しい、風情がある、を通り越した派手な降りかただった。

この雪の中、あの男は車でこの屋敷まで辿り着けるのだろうか。

襖を閉めひとり茶を飲んでいると、しかしその心配をよそに、言いつけた時間ぴったりに柊の声が聞こえてきた。

「三代目。三上刑事がお見えになりました」

「ああ。通してくれ」

電話番号の交換はしたが、まさか自分から電話をかけることになるとは思っていなかった。そして、三上を相手に夜十時必ず屋敷まで来いと命令するとも思っていなかった。

少しして襖が開く。目をやると膝をついた柊とその隣に真っ直ぐ立っている三上の姿があった。こいつは座ろうが立とうが姿勢がいいんだなといまさらのように思う。

「入れよ」

横柄に指示をすると、三上は特に遠慮もなく畳を踏んだ。いつも通りきっちりスーツを着込んでいる。コートは車に置いてきたのか使用人に預けたのだろう。

柊が襖を閉めてから三上は「あなた和服でも美しいですね」と軽薄なセリフを吐きにこりと笑った。返事をするのも馬鹿らしくて黙ったままがりがりと金平糖を噛む。

三上は真っ直ぐ座卓に歩み寄り許しは乞わずに朝木の向かいへ座った。それから手にしていた小さな紙袋を差し出し困ったような顔をする。

「住所を聞いただけだから、朝木さんがまさかこんなに和風の暮らしをしているとは思いませんでした。失敗したな」

「なんだこれ」

「チョコレートです。ここのブランドおいしいですよ。でも今度は羊羹《ようかん》にしますね」

手土産らしい。一方的に呼びつけられただけなのに律儀なことだと半ば呆れながら受け取る。

さっそく中身を取り出し雑に包装を破いた。確かにおいしそうなチョコレートが品よく箱に並んでいる。

くしゃくしゃにした包装紙をゴミ箱へ放る朝木を見て三上は楽しそうに、はは、と笑った。

「僕、朝木さんのそういう大雑把なところは好きですよ」

指輪をもらった女のように丁寧に開けろというのか。鼻で笑ってチョコレートをひとつ摘まみ口に放り込む。

金平糖と混ざって不可思議な味になったが、まあまあ旨いなとは思った。

使用人が座卓に来客分の茶を置いて去るまで、三上は興味深そうに座敷をじろじろ観察していた。いまどきこんな日本建築は珍しいのかと放っておく。

ふたりきりになった座敷でひとくち茶を飲み、それから三上はようやく朝木に訊ねた。

「それで、用件はなんですか？　わざわざ呼び出したんだから内密に話があるんでしょ。佐久間の件でなにかわかりましたか」

「志津香ちゃんの顔が見たかっただけだ、と言ったら信じるのか？」

「耳を疑います」

「だよなあ」

同じようにひとくち茶を啜り、座卓に置いてから口を開いた。

「わかったような、わからないような情報が出てきた。組対の厄介者なら、いや、おまえならこれが巧く解けるのか？」

「わかったような、わからないような？」

「めちゃくちゃにもつれた糸みたいな話なんだよ」

鳥羽山と藤井から得た情報をかいつまんで説明した。私見を交えないよう言葉を選び、ただ事実のみを告げる。先入観を与えれば三上の思考の邪魔になるだろう。

佐久間が森川組幹部の女と関係があったらしいこと。その女はいま行方不明になっていること。シャブ漬けにされて売られたという話もあるが詳細はわかっていないこと。

三上は黙って最後まで話を聞き、朝木が言葉を切ったところで声を発した。

「シマ、シャブ、女か。僕は少なくともシマは関係ないと思っていましたが、もしかしたらすべてが絡んでいるのかもしれないですね」

「振り出しに戻ったのか進展したのかわからねえな」

チョコレートをもうひとつ摘まんでから腕を組んで零すと、三上はきっぱりとした口調で言った。

「いや、進展でしょう。やっぱり覚醒剤やら女やら、ぐちゃぐちゃしたところが関わっているだろうという予想は当たってるんじゃないですか？　あとは取捨選択ですかね。森川組はほんとうに絡んでいるのか。シャブはどう絡んでいるのか」

「そっちに情報は入ってないのか。マル暴だって毎日遊んでるわけじゃねえだろ」

「僕は聞いてませんが。ああでも雪野さんならなにか知ってるのかな、あのひとこの界隈の覚醒剤事情については相当詳しいですから。もしかしたらヤクザより詳しいかもしれませんよ。確認しておきます」

この段階で下手な推論を披露しないところは賢明だ。とはいえ粗《あら》があってももう少し彼の頭の中身を覗いてみたかったとも思う。

腕を組んだまま考え込んでいると、そこで三上が不意に「まただ」と言った。

目を上げると胡桃色の瞳と視線が噛みあった。相変わらず底は知れないが、最初のころよりは甘さがあるように感じられる。

「なにが？」

訝《いぶか》しむ声で問うと美しい所作で腹のあたりを指さされた。いくら上品を気取ってもそれは喧嘩を売る仕草だろう。あるいはごく親しいものにだけに見せる態度だといささか驚く。

「腕を組んでます。あなたそれ癖ですよね」

嫌味もなく指摘されて自分が確かに腕を組んでいることに気付いた。なんとなく決まりが悪くなりしかめ面で解く。

三上は指を引っ込めそこで目を細めて笑った。いつもの演技みたいな表情ではなく、やはりどこかに甘さがある。

「警戒されているのかと思ってました。腕を組む癖って、つまり警戒でしょ？　でも、よくよく観察してみればそうでもないですね。あなたの場合は立場上必要な威圧と、防御、あとはとにかく自分の中で考え事をしているだけです」

「警戒だよ」

「最初はそうだったのかもしれませんね。けれど、いまは違う。朝木さんは僕の前で熟考に浸れるほど僕に気を許しているんです。癖ひとつで正反対の意味があるなんて面白い、あなたにはきっと表の顔と裏の顔があるんでしょう」

ひとつ舌打ちをして睨みつけた。こんなふうに、涼しい顔をして平気で無遠慮な言葉を吐く男はそばにいなかった。

「ない。あるんだとしても表だって裏だっておれはおまえに気を許してねえよ」

「そのわりにはあなた僕に対して隙だらけですよ。特にあのとき以来」

寿司屋のトイレで彼の前にひざまずいたときという意味だ。

苛立ちを通り越し、なんだかおかしくなって笑ってしまった。優位に立つための行為だったはずなのに、三上には効果がない。どころか主導権を握るペースで距離を詰めてくる。

たまにはこういう男も食い応えがあって結構だ。言い負かすセリフを考えているときに、襖の向こうから柊の静かな声が聞こえてきた。

「三代目。おやすみの用意ができましたが」

ならば決定的な接触をするか。もうこいつが抗えないような快楽ではめてやろうか。すぐには返事をせず考えた。

さみしいだとか孤独だとか息苦しいだとか好き勝手なことを言われた。気が抜ける場所が、相手がいないとか。

引っかかる。三上には自分さえ知らない自分の姿が見えているのかもしれない。だったら自分だって三上の秘めた場所まで同じように引っ掻き回してやりたい。

「一緒に寝るか？　志津香」

素っ気なく言うべきか露骨に誘惑するべきか、一瞬判断に迷ってから後者を選択した。間違いなく意図が伝わるようににやりと唇の端で笑い、長着の襟を軽く緩める。

「はい？」

「おれはおまえに情報を与えた。デカに協力したんだぜ？　おまえはおれにきっちり礼をしなけりゃならない。チョコレートじゃ足りないだろ」

「冗談ですか？　それとも、さみしいんですか？」

「暇つぶしだよ。言ったじゃねえかよ」

投げやり、というのではなくあえて緩い調子で囁《ささや》いた。怒るかそれとも焦るだろうかと反応を眺めていると、三上は小さく肩をすくめて答えた。

「残念です。こっちも言ったと思いますけど、僕、ストレートなんです。あなたの暇つぶしのお相手になりたくてもなれません。もっといい男を誘ったら？」

不快を示すかわりに綺麗に躱《かわ》そうとする、あくまでも余裕を崩さない態度は彼らしい。ヘテロ《異性愛者》なんで、男はむりなんで、予想していたものとほぼ同じ三上のセリフに、は、と短く笑った。

「案外つまらねえやつだな？　おれはおまえのことを、もっと柔軟で好奇心の強い根性の据わった男なのかと思ってたけどな？　おれと寝るのが怖いか、生まれたての子鹿ちゃん。ちょっとはおれに興味あるんだろ」

「そうですね、興味はあります。確かにあなたは気になります。でも、僕は生まれたての子鹿じゃないので、自分の中に一応の規律はあります。いくら好奇心が強くても、三十年近く生きてしまうとその規律を壊すのは困難ですよ」

「そんなもん、もう半分壊れてんだろ」

茶をひとくち飲んでから、舌を見せつけるようにしてわざとらしく濡れた唇を舐めた。三上がひとつ目を瞬かせたのは寿司屋での行為を思い出したからだろう。

あなたはあのとき以来隙だらけと三上が言うのなら、彼にも同じような隙があっていいはずだ。

「僕ストレートなんです？　そんな洒落たことを言うとストレートに笑われるんじゃないか？　たいしていやがりもせずにおれにしゃぶられたのは誰だっけなあ。おれの口で素直に出したのは、誰だ？」

揶揄を絡めた朝木の言葉に三上はすぐには答えなかった。いつでも真っ直ぐに相手を見る視線がちらと無意味に天井へそれる。巧いセリフを探しているらしい。

もう一押しか。三上が声を発する前に、そそのかす口調で続けた。

「食わず嫌いなんてみっともないぜ。そう怯えるなよ、志津香？　おまえらしくない。おまえはヤクザの大将を平気でつけ回すほど不敵なんだろ、目の前に火が燃えていれば手を突っ込んで温度を確かめたくなるタイプだろ？　じゃあ確かめろよ」

「……あなた男をたらし込む訓練でもしてるんですか？　なにを言えば僕が落ちるかよく知ってますね。そうですよ、僕は火傷をしたいタイプです、あなたの言う通り。でも、できれば女のひとに誘われたいかな」

「女ねえ。変なこだわりだな、そんなの重要か？　だったらおれは女よりよっぽどいいぜ。試しもしないうちから偉そうに、男だからという理由だけで据え膳を返すなんて情けねえの。腰抜けか」

最後にたきつけてやると、三上はそこで今度こそ黙った。

しばらくふたり無言で見つめあう。視線でこころの中を探りあう。ふと訪れた静寂に、火鉢の炭がぱちぱちと鳴る音が密かに忍び込んだ。

それから三上は妙に強い目付きになって、襟を緩めたときの朝木と同じように唇の端でにやりと笑った。

「わかりました。そこまで言われたら僕だって尻尾を巻くわけにはいきません。でも、いいんですか？　挑発したのはあなたです。だからもしあなたが途中でやっぱりやめたと騒いだって、僕はほんとうにあなたが女よりいいのか確認するまでやめませんけど」

「へえ？　いい度胸だ。たっぷり確認しろよ」

思っていた以上に面白い男だなとついけらけら派手に笑った。

座卓に片手をついて朝木が立つと、それにならって三上も腰を上げた。襖を開けたら寒い廊下に柊が膝をついたまま待っていた。当然座敷でのふたりのやりとりは聞こえていただろう。

三上と連れ立って廊下を歩き、あとに続こうとする柊に声をかけた。

「柊。おまえはもう休め、今夜は隣の部屋じゃなくていい。ボディガードならいるから平気だ。志津香じゃ力不足かもしれないが」

「いやだな。僕は結構強いんですよ、言いましたよね」

笑いの交じる声で三上が口を挟んだ。特に緊張している様子もなければ身構えている感じでもない。セックスをしようと半ば強引にけしかけられたくせに、いつも通りの気取った品よい男だ。

襖を開けた寝室は火鉢であたたまっていた。布団の横に置いてある有明行灯《ありあけあんどん》の小さな明かりしかついていないので薄暗い。

朝木にとってはいつもの部屋だが三上には相当珍しかったのだろう。座敷に通したときと同じようにきょろきょろと視線を振っている。

構わず襖を閉めて密室を作り、その三上の前に立った。こっちを見ろと視線で示し、従う彼に声をかける。

「脱げよ。それとも脱がせてやろうか」

三上は軽く首を傾けてからやわらかく笑った。

「どちらがあなた好みですか」

腹が立つような余裕を見せつけられたので余裕を返した。

「おれとセックスするために男が自ら服を脱ぐさまを眺めるのは好きだね。どうぞ食べてくださいと屈服するさまだよ」

「じゃあ脱ぎましょう。ホストのご機嫌は取ったほうがいいですから」

三上は言うとあっさりジャケットを脱ぎ、部屋の隅に放った。仕立てのよい、そこそこ金のかかったスーツに見えるがあまり扱いは丁寧でない。というよりもわざとか。

ネクタイを抜く音にぞくりとした。

この男のことだ、ここまで来てやっぱりやめますと逃げることはないだろう。籠絡《ろうらく》するのだか単に抱かれるのだかはともかく、これからほんとうにこの男と寝る。そう思ったらなぜか血が沸いた。

ネクタイもシャツも下着も、三上はやはり適当にジャケットの上へ投げた。急いている様子もない、いたって綺麗な所作だった。最後に腕時計を外し和箪笥《わだんす》の上に置く手付きまで品がある。

立ったまま見つめた三上の裸体は美しかった。想像していた以上に筋肉が乗っていて、まるでしなやかな肉食動物のようだ。ゆらゆらと揺れるろうそくの火に描き出される陰影がひどく色めいている。

視線を顔に移すと、まったく自然に微笑まれた。

こいつは状況がわかっているのだろうか。こんなふうに簡単に服を脱いでしまっていいのか。自分で促しておきながらつい神経を案じてしまう。それから、不意に精液の味が舌に蘇って、違うかと思い直した。

三上は充分理解している。

そこにあるのはおそらくただの性欲ではないのだろう。単に負けず嫌いなのか好奇心なのか、あるいは別のものなのかは知らないが、いまここでこうして肌を晒《さら》しているのは彼の意思だ。

和箪笥の引き出しからローションのボトルを摑み出すと、その朝木に三上は平然と言った。

「そこは現代風なんだ。いつもそこにあるんですか」

「丁子油《ちょうじゆ》でも用意したほうがよかったのか？　面倒くさいやつだな、使えりゃなんでもいいだろ。そうだよ、いつでもここに入ってるから覚えとけよ」

「ふうん？　つまりこうやって、いつでも男を引きずり込むんだ」

三上はそこで、はじめて僅かばかりきつい眼差しで朝木を見た。大勢のひとり扱いをされた、と苛立ったのだろうか。オスの目だなと思い、どきりとした。

いつでもすました顔をしている男が感情を仄《ほの》めかす瞬間は悪くない。だから、よほど信用している相手でなければ寝室までは連れ込まない、おまえは一応特別だと言ってやるのはやめた。

しかし三上はその表情を一瞬で消してしまった。ローションを枕元へ投げる朝木に普段通りの冷静な声で言う。

「あなたは脱がないんですか？　セックスをするために服を脱ぐさまを僕には見せてくれないんですか」

「脱がせてみろよ。着物の帯を解くと興奮するらしいぜ？　日本人の血ってやつだな」

「そうなんだ？　じゃあ試してみましょう」

すぐに躊躇も遠慮もない手が伸びてきて、角帯をあっさり解かれた。肩から長着を落とされくらくらしてくる。これではどちらがあおってどちらがあおられているのだかわからない。

朝木の微かな欲を見透かしたのだろう。三上は朝木の顔を覗き込み、うっとりと笑った。

「ああ。確かに興奮するかもしれない」

僕が、とは言わなかった。あなたが、とも言わなかった。憎たらしいやつだ、敏感になりはじめる肌を持て余しながらそう思う。

だが、憎たらしい男を落としてやるのが、面白い。

同じように笑い返し、「確かめてやろうか」と股間に触れようとしたらその手首を強い力で摑まれた。そのまま、長襦袢一枚の身体を仰向けに布団へ押し倒される。

あっというまの手慣れた仕草にびっくりした。普段、性行為になんて興味ありませんとでもいわんばかりのすかした顔をしているくせに、これか。

「おまえはセックスに慣れてんのか？」

つい色気もなにもない言葉を口に出すと、三上は答えになっていないセリフで朝木の問いを退けた。

「男を抱いたことはありませんけど」

女を抱くのは慣れているというわけか。

驚いている隙にさっさと長襦袢をはだけられた。しかける手を上げる余裕を朝木に与えないつもりらしい。なぜか知らない羞恥《しゅうち》を覚えて顔が火照った。

暗い部屋でよかった。こんな、処女みたいな反応を見つけられたら死ねる。

三上は小さなろうそくの明かりでしばらくじっと朝木の身体を見つめてから、溜息のような声で言った。

「あなた墨《すみ》がないんだ。てっきり入れているのかと思いました。まっさらな肌のまま」

「……趣味じゃねえんだよ」

「ああ、ほんとうに綺麗なひとですね。はじめて署であなたに会ったとき僕は正直見蕩れました。こんなに美しい男がいるのかと」

言いつのられて余計に居心地が悪くなった。綺麗、美しい、もう飽きてしまった言葉がなぜか息苦しく感じられる。

自分はこの男の目に美しく映っているか。

「いいからさっさとしろよ……。おまえは見てることしかできない不能野郎なのか？」

「こうやって、見られているのは興奮しませんか？　長襦袢を絡ませてあなたいまとてもいやらしいです。そのいやらしい姿を僕に見られている」

「上品なツラして助平親父みたいなことを言うんじゃねえ」

文句をつけはしたが三上の言葉通り興奮した。いやらしい、とくり返されてぱっと身体に火がともる。こんなセリフはもう誰からも幾度も聞かされてきたはずなのに、三上が相手だとどうにもペースを乱される。

最近の自分は、そしていまの自分は変だ。目の前の男を振り回してやるつもりが、あるいは振り回されているのは自分のほうか。やわらかい部分へぴったりとピースをはめられてしまったみたいに余地を奪われる。

朝木の熱を見透かしたのだろう、三上はにっと、それこそいやらしく笑った。清潔な男は褥《しとね》で見ればなかなかに官能的だった。

食えない男だな、そう思うと同時に欲がこみあげる。

「は……っ、あ」

しばらく朝木を見下ろしたあと、三上はようやく指を伸ばしてきた。耳の裏、それから首、まるでいつか後部座席で自分が舐めたような手順で撫でられぞくぞくする。

脚のあいだに膝を割り込まされて、小さく身体が揺れた。あたたかい肌が、緩く反応しはじめていた性器を掠める。

「あ、も……、そういう、焦《じ》れったいのは、やめろ」

「興奮、してますね。あなた勃ってる。ちょっと触っただけなのに可愛いんだ」

「好き者、だからな……」

「僕が相手だから、とは言わないんですか？」

鎖骨を辿った指先に軽く乳首を弾かれ、びくりと派手に震えた。快楽の予感がじわりとその場所から全身に広がっていく。

もう我慢できないと荒々しく貫いてくる男ならばたくさん知っている。慣れている。だが、こんなふうに、もどかしいまでに丁寧なセックスはあまり経験がない。

「男でもここは感じます？」

わざとらしく問われて、わかっているくせにと不平を零すかわりに何度も頷いた。

「感じる……。好きだ。だからたくさん、いじってくれ。たくさん、いじめて」

「なるほどね？　こういうシーンでは素直なんだ。手管ですか？　燃えます」

「あぁ……っ、志津香、気持ちいい。は、あっ」

顔を胸元に伏せた三上にいきなり強く乳首を吸いあげられて声が散った。身体の奥にたまっていた欲情が途端に皮膚の表面へ湧《わ》き出してくる。

こいつは男の肌を吸うことに抵抗がないのだろうか、などと考える余裕は搔き消えていた。ようやく与えられたはっきりとした快感に頭の中が乱れる。

もっと刺激が欲しくて、あさましく背をそらしねだった。

「ん……、はぁ、噛んで……っ、噛んでくれよ、痛く、して」

「痛いのが好きですか？　あなた結構わかりやすい」

一度唇を離した三上が、ふ、と笑った。触れる微かな吐息にさえあおられ、ひどく身体が疼く。

三上はぴちゃぴちゃと音を立てて舐めてから、要求通り尖《とが》った乳首に歯を立てた。

「ああッ、は……！　んぅ、いい……、すごく、いい……っ。それ、好きだ」

ちぎれそうなくらいの強さで噛まれて嬌声《きょうせい》を上げる。鋭い痛みがじわじわと快楽に変換されていく感覚に酔いそうだった。

綺麗で清廉な男がいま自分に食いついている。自分を味わっている。そう思うとたまらなくなった。

「しづ、か……っ、あぁ、熱い。あ、あ……ッ、もっと」

濡れた声に応え三上は左右の乳首を交互に噛みしだいた。次第に肌へ汗が滲《にじ》んでくるのが自分でもわかる。

たどたどしく口に出したように、どうしようもなく身体が熱かった。まるで火でもついているみたいだ、長襦袢を絡ませた腕で三上の頭を抱きしめそんなことを思った。

「いやらしい声。あなたそんなふうに喘《あえ》ぐんですね」

たっぷりと時間をかけて乳首を愛撫してから顔を上げ、三上が囁いた。指先で乳首を摘まれて、それまでとは違う感触にふるりと震える。

「もうここ真っ赤に腫《は》れて熟《う》れています。可愛らしい。ねえ朝木さん、あなたどうして自分が痛みを欲するのか知ってますか」

「知らねえ、よ……っ」

「あなたはそうやって生きている感触を確認したいんですよ。ただ、いま生きている感触をね。そうしないとあなたは背負う重荷に崩れて自分がなくなってしまうんです」

押し潰すように乳首を刺激されて身もだえた。三上がなにを言っているのかも、まともには理解できない。

首を左右に振ってわからないと示したら、三上は小さく笑った。いつかも見た慈愛の甘さと、確かな欲に光る胡桃色の瞳にぞくぞくする。

「や……、はぁ、駄目だ……、離せ」

乳首を擦っていた手が下に這い、やわらかく性器を扱かれたので咄嗟にその手首を掴んだ。いまにも弾けそうな快感をなんとか抑え込む。

不思議そうに視線を向けてくる三上を押しのけ身を起こした。巧く動かない手を伸ばし、枕元に投げてあったローションのボトルを掴んで三上に渡す。

「広げて……、入れてくれよ。これだけでいっちまったら、つまらねえだろ……」

三上はまず素直にボトルを受け取り、それからくすくすと面白そうに笑った。落ち着き払った態度に一瞬苛立つが、視線で探った彼の性器が屹立《きつりつ》していたので満足した。

あの日のように咥えてやらなくても、自分に触れただけでこの男はもう勃つのだ。

快楽に重い身体でのろのろと三上に背を向けシーツに両手両膝をついた。腰を掲げて「早く」と誘う。

「顔が見えませんよ？」

「うるさい、初心者……。このほうが、おまえが楽なんだよ」

またくすくすと小さな笑い声が聞こえてきた。どんな表情をしているのだかは知らないが、三上が状況を楽しんでいることはわかった。

あっさりとした手付きで長襦袢を脱がされ尻をむき出しにされる。こんなことには慣れているはずなのに、なぜか気も遠くなるような羞恥を覚えた。

といって、恥ずかしいと示せば余計に恥ずかしい。唇を噛んで耐えていると察したのかそれが手順なのか、すぐにローションをたらされ塗り込められた。

その場所で直接彼の感触を確かめぞくりとする。このお綺麗な男はどんな顔をして男の尻をまさぐっているのだろう。

「ふ……、う、あ……っ」

たっぷりと濡らされたあと、特にためらう様子もなく指を食い込まされてつい呻《うめ》いた。じりじりと慎重に挿し込まれる感覚が焦れったい。早く欲しいと強引に突っ込まれたほうが楽だ。

丁寧に入り口を広げる指先は、こんな行為にずいぶんと慣れているように感じられた。ぬるぬると擦られその場所が勝手に緩んでいくのが自分でもわかる。

「はぁ、あ……っ、お、まえは、女の尻を、使うのか……?」

丁寧な行為を受け入れ細く声を洩らしながら訊くと、三上は平然と答えた。

「要求されれば使いますけど」

「お上品な、顔をして……、遊んでるんだな」

「人並みじゃないですかね。あなたほど奔放じゃないと思いますよ?」

「ああっ、あ、も……っ、狡《ずる》い、あぁ」

従順に開く感触で大丈夫だろうと判断したのか、三上は不意にぐっと深く指を押し入れてきた。急に中まで違和感に犯されて喘ぎがあふれる。明らかに手慣れた動きだった。

これは楽しめそうだ、と思うよりも、なんだか腹が立った。知らないセックスで翻弄《ほんろう》してやるつもりだったのに逆にてのひらで踊らされる。

こいつはいままでにどんな女を抱いたのだろう。どんな顔をして、どんな感情をもって？　機能を手放しかける頭でぐるぐると考えた。

ならばその誰よりも強い快楽をこの男に与えなければならない。夢中にさせて愉悦で落として、自分のものにしてしまいたい。

取りすました美貌の裏にひそむ、ほんとうの顔を暴いてやりたい。

「ん、は……っ、そこ、を、もっと」

前立腺を掠めるだけの指先に焦れ、疼く腰を揺すった。確かに女しか抱いたことがない男ならば知らないかと声にして指示をする。

「もう少し、だけ、奥……、ゆび、曲げて……っ、あぁ、そこ、が、いいから……っ」

「ああそうか。ごめんなさい。ここ？　ここがいい？　ここが好き？」

「あ……！　あっ、好き、好きだ、たくさん、して」

「……さっきからね。あなたが好き好きって言うたびに僕は変な気分になります」

三上はすぐに場所を覚えてじっくりと前立腺を押し撫でた。確信じみた指先に呼び起こされる快感で、彼の言葉の意味を考える理性もあっさり奪われる。

しばらく一本で内側をまさぐったあと、三上は指を二本に増やした。もっと入れてくれと零しそうになった、まさにそのタイミングだった。

皮膚が透明になったみたいに興奮も欲も見抜かれている。そう思ったら少し怖くなった。

「んぅ、あ……ッ、気持ちいい、ああ、いい……っ、は」

一度奥まで突き刺してきっちり開いてから、三上はやや強引に指を出し入れした。乱暴というのではない。もっと感じろ、もっと溺《おぼ》れろと手付きで命令される。

「広がる……、広がってる。はぁっ、志津香、見てる、のか……?」

切れ切れに問うと、楽しそうな、そして微かに熱をはらんだ声で返された。

「見てますよ。僕の指を嬉しそうに咥えてる朝木さんを見てます。ねえ、あなたのここ、健気に口を開いてのみ込んで、いやらしいですね。わかります? ほら、もうこんな」

「わか、る……っ、おまえを、咥えて、開いてる……。あぁ、たまらない……っ」

「僕、そういうことをセックスの最中に平気で言うひとは好きです」

くすりと笑う声が聞こえたあと、二本の指をねじるように動かされて喉が引きつれた。ローションが掻き回されるぐちゅぐちゅという淫《みだ》らな音に目が眩む。

まるで自分が快楽の蜜をあふれさせているようだった。恥ずかしい音を立てるほどこの男を欲しがっている、そう思うとどうしてか息苦しいくらいの切なさを覚える。

いままでこんなふうに、こころまで摑まれるようなセックスをしたことがあるだろうか。

「結構狭いな。入れたら気持ちがよさそうです。あなたはどうでしょうね、どうしたい?」

指を使いながら三上が誘う言葉を囁いた。何度も頷いて乱れる呼吸の合間になんとか答える。

「も……、入れて、ほしい……っ。ん、はあっ、早く、入れて」

「よく聞こえないかな？　もっとはっきり言わないと駄目です」

悪趣味な好色漢みたいなセリフを吐かれて呆れるよりも昂《たか》ぶった。こみあげる欲のまま浮かされた声でねだる。

「おまえ、の、ペニスを、入れてくれ……っ、思いきり、突いて、ぐちゃぐちゃに、して、はやく……！」

「ほんとうにいやらしいひと。可愛いんですね、朝木さん？」

ずるりと指が抜け、ひくひくと震える場所にボトルの細いネックを挿し込まれた。たっぷりと中にローションを注ぎ込まれて呻く。苦痛を与えないようにと気をつかったのか、それとも単に楽しんでいるのだかわからない。

次に硬い、生あたたかい感触を押し当てられた。快楽への期待で内側が勝手にきゅうきゅうと蠢《うごめ》く。

朝木の状態が伝わりはしただろう。それでもぬるぬると擦りつけるばかりでなかなか入ってこようとしない三上に逸る声で訴えた。

「ふ……っ、う、焦らすな、早く……、さっさと、入れろ」

「欲しいですか。僕が、欲しいですか？」

「おまえ、が、欲しい……、欲しいっ」

そそのかされて言葉にすると、ようやく片手で尻を摑み開かれた。狙《ねら》いを定めた性器をぐっと食い込まされて散々待たされた身体が燃えあがる。

「ああッ！　は、あ……ッ、はいって、くる……っ」

「そうです。いまあなたに入っているのは、僕です」

三上は挿入を急がなかった。徐々に押し開く感触を味わうようにゆっくりと、しかし確実に根元まで突き立ててくる。

じりじりと充たされていく感覚は快楽以外のなにものでもなかった。いつか唇で知った通りの太い性器をぎっちりとのみ込まされ、無意識にシーツを握りしめる。

気持ちがいい。どうしようもなく、気持ちがいい。

「あ、あっ、も……入らないっ、はぁっ、駄目だ……っ、や」

「入りますよ。ほら、これで全部」

「ああ……！　あ！　あッ」

あまりの衝撃に、自分の唇から散る悲鳴みたいな声が、他人のものであるかのように遠く聞こえた。

すべてを埋め込んだところで三上は動きを止めた。ふるふると肌を震わせている朝木が違和感に馴染むまでそのまま待っている。

「すごいな……。あなたの中、こんななんだ。あたたかくて吸いついてくる。とても気持ちがいいです」

背後に聞こえた三上の呟きは僅かな熱を帯びていた。それに頭の中まで犯されているような感じがして、余計によろこびが強さを増す。

すぐには言葉を返せなかった。深い呼吸をくり返し、なんとか少しは落ち着いたところで掠れた声を絞り出す。

「女、より、いいだろ……」

三上がくすりと笑うのがわかった。呆れたのではないだろう、答える囁きは甘かった。

「そうですね。あなたが言ったことはほんとうです。僕が知る中であなたが一番いいです。あなただからいいです。僕の身体はどうですか？」

「いい……。なんだか、頭が、おかしくなりそうな、くらい……っ。志津香、動け。動いて」

「優しくしましょう。あなたが知る中で僕が一番、優しいです」

言葉通り、三上の律動はゆっくりとした穏やかなものだった。両手で朝木の腰を摑み緩く出し入れをくり返す。

それでも突かれる衝撃は鳥肌が立つほど鮮烈だった。あなただからと三上が言ったように、この男だからこんなふうに感じるのかもしれない。もう理性も飛んだ頭でそんなことを思った。

三上が腰を使うたびに、ぬちゅ、ぐちゅ、と卑猥《ひわい》な音が耳に届く。間違いなくいま彼とつながっているのだと、揺さぶられる身体だけでなくその音にも教えられる。

たまらない。溺れてしまう。やわらかな行為は信じられないくらいにすべての感覚を鋭敏にした。

「あぁ、あ……っ、深く……、深いところ、を、もっと擦って……っ」

しばらく三上の動きに身を任せてから、シーツを引っ掻いて求めた。彼は気配だけで笑い、わざとらしく確認した。

「深く？　そうなんだ。あなた深いのがいいんですね。奥が好きなんですね？　僕に、奥を擦ってほしい？」

「好き……、は、あ、好き、だから……っ、おまえが、奥、突いて」

「ああ。卑怯《ひきょう》な自覚あるのかな、あなた」

三上は独り言の口調で洩らしてから、朝木の望み通りじっくりと深い場所を刺激した。腰を押しつけるように貫き揺すりあげて掻き回す。

身体の中に渦巻いていた快楽が途端に解放を求めてふくれあがった。もう瞼を上げていることもできずぎゅっと目を瞑《つむ》る。

「あっ、あっ、むり……っ、いきたい、も……、いきたい……っ。いかせて」

音にならない、吐息みたいな声で哀願した。三上は応えるようにそこではじめて強く腰を使った。

見せつけられるオスの荒っぽさに血が沸騰した。

「は……！　ああ、だめ、出ちまう……っ」

「そんなにここがいいんだ？　いいですよ、いってください。あなた後ろだけでいけるんですか？

擦ってあげましょうか」

「この、まま……ッ、ん、あぁ、いく、おまえ、も」

「じゃあ僕もいきますね」

最後に、続けざまに奥を突かれてこらえようもなかった。押し寄せる波になすすべもなくのみ込まれ、添えられた三上のてのひらに精液を吐き出す。

「ああ……ッ！　は、あ！　あっ、し、づか……っ」

「……たまらないよね」

三上は、痙攣《けいれん》する朝木の内壁を何度か大きく擦りあげてからあっさり性器を抜いた。すぐに背中へあたたかい精液がぱたぱたと落ちてくる。

生々しいにおいが薄暗い寝室に広がった。ほんとうにこいつとセックスをしたのだといやでも実感するにおいだ。

腰から手を離され、姿勢を保っていられずに布団へ崩れ落ちる。三上は枕元から抜いたティッシュペーパーで朝木の背を丁寧に拭き、それから朝木の隣へ身を横たえた。

力なく顔を向けると真っ直ぐに、じっと見つめられる。いつでも正体の知れない胡桃色の瞳はいまいやに優しくて、どんな眼差しを返せばいいのかと戸惑った。

「中に出しても、いいんだぜ……」

はあはあと乱れたままの息を疎《うと》ましく思いながら言ったら、いたずらに返された。

「僕とあなたはそういう仲だ、という意味ですか？」

答えられずに視線をふらふらと逃がした。断定されれば否定もできるが問われてしまうと言葉に迷う。

三上は子猫にするように朝木をそっと抱き寄せて腕の中に閉じ込めた。汗ばんだ肌が密着する感触にぞくりとする。

なぜこの男はこうも甘いのか、快楽を貪ったあとは普通捨て置くものではないのか。湿った髪を撫でられてひどく混乱した。

「気持ちがよかったです。癖になったらどうしよう」

甘ったるい揶揄の調子で囁かれ、なんとか嗄《か》れた声で返した。

「……素直なんだな？　恋人でもあるまいし、どうしてこんなふうにおれを抱きしめてるんだ？意味がわからねえ。そっぽ向いて寝ちまえよ」

「ちょっとね、絆されかけてます」

三上は朝木の言葉に軽く苦笑してから言った。やはり意味がわからず少し身を離して視線を向けると、にこりと微笑まれる。

いつも見る謎めいた、気取った笑みではなかった。ただ単純にあたたかい表情だった。

「あなたがさみしいのはなんだかいやです。あなたが孤独なのも、息苦しいのも、なんだかいやです。あなたほんとうは、どこかで、誰かのそばで、休みたいんじゃないですか。安らぎたいんじゃないですか？　こんなふうに」

続けられたセリフにさらにうろたえる。三上と自分のあいだにあった距離は完全に消えてしまった。そんなことを考え恐怖のような安堵《あんど》のようなものを覚える。

ぴったりとくっついた肌から与えられる体温を感じているうちに、いつのまにか寝入ったらしい。深い眠りからふっと浮き上がるように目が覚めたらもう朝だった。

隣に三上はいなかった。見回した寝室にも姿はなく、部屋の隅に投げられていたスーツが消えている。

声もかけずに帰ったのか。

「三代目。お食事の用意ができました」

朝木が目覚めるのを待っていたようなタイミングで、襖の向こうから柊の声が聞こえてきた。

ああ、と短く返事をして両腕を上げのびをする。

セックスの余韻で少し身体が軋《きし》んだ。それでも、過去にないくらいにこころは落ち着いていて、その自分に今度こそ本気で困惑した。

首を左右に振って追い払い、和箪笥から引っぱり出した新しい襦袢と長着を身につけた。乱れた布団はそのまま怠《だる》い手を襖にかける。

しかしいくら惑いを消そうとしても、昨夜囁かれた三上の言葉は蘇った。

――あなたほんとうは、どこかで、誰かのそばで、休みたいんじゃないですか。安らぎたいんじゃないですか？

襖から一度手を離しつつくきつく握りしめた。認めない、認めたくない、さみしくも孤独でも息苦しくもない。

はずなのに、自分はあるいはどこかで、誰かのそばで、三上の言う通り休みたかったのかもしれない。安らぎたかったのかもしれない。


では、覚醒剤に漬けられ売られた女の恨《うら》みが佐久間失踪の原因か。

あるいは執着？　ならばなんらかの手段を使って佐久間をさらい監禁でもしているのかもしれない。

その場合女が欲しいものはシマでも金でもなく、佐久間そのものだ。脅迫ひとつない行方不明といういまの状況に説明がつく。

朝木はそれから多忙の合間に女の行方を探った。とはいえ、敵対勢力幹部から寝取った女に拐かされた可能性がある、などとおおっぴらに言えるわけもない。それは佐久間にとってはミスになるだろう。

この段階で、無駄に彼の評価を落とすのは得策でないように思われた。

だから使える駒はすでに事情を知っているスパイの鳥羽山、あとは佐久間の補佐の藤井くらいだ。

鳥羽山は相当の無茶をして森川組の上層部まで嗅ぎ回っているようだった。朝木の役に立ちたい一心なのだろう。

それでも新たな展開はなかった。女の情報を得てからは毎夜連絡を取るようになったが、「わかりません」という報告を電話越しに何度か聞いただけだった。

鳥羽山がなにも摑めないのであれば誰を送り込んでも無駄だろう。悔しそうに謝る声に労いの言葉を返しながら内心困りはてた。

藤井にも日に一度は電話をかけ状況を確認した。

女の件を伏せていたことで気がとがめたのかもしれない。そしてそれを朝木がたいして責めなかったことに気を許したのか、彼は素直に内情を喋った。

しかし藤井をもってしても鳥羽山と同じように、結局のところ女についての詳細はわからないままだった。

ならばと朝木は吉井会の人間にもそれとなく探りを入れた。だが、彼らはそもそも森川組幹部の女が消えたことさえ知らないようだった。

森川にしても敵対勢力の本部長に女を奪われたなんて話は醜聞、というより恥《はじ》だろう。徹底的に隠しているらしい。連合体である吉井会にとっては森川など外部の組織だ、わからなくてもしかたがないかと諦めた。

これでは糸口がない。

三上から連絡が入ったのは、朝木が女を探しはじめてから数日経った夜のことだった。とうに冬の陽も落ちた九時頃、棒付きのキャンディをもてあそびながら本部事務所の執務室で書類をめくっているときだ。不意に鳴った胸元の携帯電話には三上の名が表示されている。

いったん手を止めて電話に出ると、回線の向こうで三上が『わかりましたよ』と告げた。

数日ぶりに聞く声にぞくりとした。どうやら朝木に対する疑いは解いたらしい、屋敷で寝て以降三上は事務所の前に立つのをやめた。だから顔を合わせるどころかこうして話をすることもなかった。

多忙に紛れていたはずなのに、声を聞いてしまえば彼を思い出す。たった一度のセックスでこころの色みたいなものが変わってしまったような気がした。

「なにがわかった?」

蘇る快楽の記憶を無視して訊ねると、三上はいたって冷静な声で答えた。

『森川組の消えた女の行方です。名前は原祥子《はらしょうこ》。朝木さんの言ってた通り、事実シャブ漬けにされて売られたようですね。隣県にある風俗店にいるそうです』

いくら探っても手に入らなかった情報をさらりと告げられ驚いた。組対も馬鹿にしたものではないなと失礼なことを考える。

「なぜわかった？　おれだって目を開けて寝てたわけじゃないんだがなあ」

つい零すと、三上が小さく笑うのが伝わってきた。そこに親しみが含まれているのを感じ、眉をひそめる。

ふたりのあいだにある距離が消えてしまった。あの夜そんなことを思ったが、ほんとうに垣根がなくなってしまったのだろうか。

『雪野さんが教えてくれました。というより、かまをかけて訊き出しました』

軽やかに続けられた言葉にひとり首をひねった。

「どういうことだ？」

『佐久間は森川組の女に手を出していたらしいとだけ報告したんです。なにか知りませんかと。そうしたら雪野さんが珍しく焦ったような顔をしたから、ちょっとはったりをかましてみました。まあ、雪野さんはその女をよく知ってますよね、と言っただけですけど』

「仲間にはったりね。県警本部から厄介払いされるだけのことはあるな」

『シャブ漬けの女なんか関係ないだろう、雪野さんはそう答えましたよ。僕はシャブのことなんかいっさい口に出さなかったのにね』

朝木の嫌味は無視して三上は淡々と言った。あんな男でも焦りはするのかと、その言葉を聞きながら雪野の整った顔を思い出す。黒髪に眼鏡、鋭い目をした組対の覚醒剤担当だ。

理知的な印象から勝手にただ冷たい刑事なのかと思っていた。しかしそういえば、寿司屋で三上の携帯電話から洩れた雪野の声にはきちんと感情があった。

『あとはつついただけ、雪野さんはちゃんと祥子の居場所を把握していましたよ』

「雪野は佐久間の女を知っていたのか」

『そうです。どうして雪野さんは祥子の行方を知っていたんでしょう。そして知っていながら誰にも言わなかった。わりと単独で動くひとではあるようですが、橋場さんによればそれでも報告はきっちりするタイプみたいです。なぜ今回に限り黙っていたのか』

無言のまま手にした棒付きキャンディをゆらゆらと揺らした。三上の疑問はもっともだったが、マル暴のやり口などよく知らないので意見も挟めない。

『遊び相手のシャブ中女なんて無関係だろうと判断した？　ひとりで成果を上げて評価されたかった？　いずれにせよ不自然です。少し気になります』

三上はひとり回線の向こうでそこまで喋り、言葉を切った。不意に落ちた、吐息まで聞こえるような沈黙に居心地が悪くなり言葉を探す。

確かに三上の言う通り不自然だ。気になる。とはいえ、やはりこんな曖昧な状況では自分が口を出すのもおかしいだろう。

朝木の声を待っているらしい三上に低く告げた。

「内々のことはまずそっちで考えろ。いまおれがどうこう言える問題じゃねえよ。それより女の居場所を教えてくれ、佐久間の話が聞きたい。女はどこにいる？」

三上はくすりと笑ってから面白そうに答えた。

『いやだな。ここで僕がヤクザの組長に情報だけ流すわけにもいかないでしょう？』

「じゃあなんで電話してきたんだよ」

『かわりにいいことを教えてあげます。僕らは明日の午後三時、女が売られたらしい風俗店に出向きます。橋場さんと雪野さんと僕の三人です。もし祥子の居所を知りたいなら、署から僕らを尾行してみたらどうですか？』

「デカがそんな提案をしていいのかねえ」

がりがりとキャンディを噛み砕いてから呆れた声を出す。三上は涼しい口調であっさり言い返した。

『僕は個人的に、あなたに僕の予定を教えているだけですよ。そういう仲でしょう？　あとは勝手にしてください』

そのとき携帯電話から遠くで、三上、と呼ぶ橋場の声が聞こえてきた。こいつは署でヤクザに電話をかけているのかと改めて呆れる。

三上は、はい、と返事をしてから小声で『じゃあまた明日』と残し通話を切った。尾行をしろというのは提案ではなく命令であるらしい。

まるで三上に巧く操られているようだ。普段であれば腹が立つはずなのに、なぜかいやな気分ではなかった。つまりあの男は自分を信用しているということにはなるのだろう、でなければわざわざこんな情報を伝えはしない。

携帯電話をスーツに突っ込みそれまでめくっていた書類に目を戻した。だが、内容がまったく頭に入ってこない。

女が見つかった。

原祥子、その女は佐久間の居場所を知っているかもしれないのだ。彼がいまどんな状態にあるのかはわからないが、いずれ不本意ななりゆきだろう。なんとしてでも取り戻さなくてはならない。

「明日の午後は空けてくれ。組対どもを尾行する。最悪、おれが急病にでもなればいいだろ」

入り口近くの机についている柊に指示すると真っ直ぐな視線が返ってきた。当然三上と電話する朝木の声は聞いていただろう、やりとりの内容は察したらしい。

「承知しました。しかし、三代目が刑事とここまで親密になるとは意外です」

珍しく口を出されて少し驚いた。求めれば意見を述べるが、この男は基本的に主の行動には私情を挟まない。

柊はあの夜自分が三上と寝たことを知っている。そう思ったらなんだかいたたまれなさを感じて困った。

「佐久間が見つかるかもしれないんだ、そりゃお近付きにもなる」

「それだけ、ですか」

「それだけだよ」

柊の強い視線にひとつ欠伸を零してみせ、デスクを立った。窓へ歩み寄りカーテンの隙間から外に目を向ける。

今夜はよく晴れているようで、はるか遠くに光る美しい星々が目に映った。都会ではあまり見ないような綺麗な星空だ。

冬の夜空は好きだと思う。はっきりと浮かぶオリオン座を目でなぞっていると、ふとむかしの記憶が蘇った。

そういえば子どものころに屋敷の庭で季節の星座を教えてくれたのは佐久間だった。空を指さし語る飄々とした彼の声をいまでも覚えている。


翌日も快晴だった。

佐久間失踪の知らせを受けたのは一月の終わり、すでに一報から二週間ほどがすぎようとしている。時間経過の体感が驚くほど早い。

とはいえまだ二月も半ばなのに、太陽の下はコートなしでも歩けるくらいあたたかかった。雪ばかり降らせる今年の冬も一休みしているのか。

午後三時、所轄署の外で待っていると三上の言葉通り時間ぴったりに一台の車が門から出てきた。朝木には車内の様子までは見えなかったが、運転席に座る柊はきっちり認めたらしい。

「運転席に三上、助手席に雪野。後部座席には橋場です」

淡々と告げられ、たいしたものだといまさらのように感心する。

「尾行してくれ」

腕を組んで短く指示すると、確認の言葉を返された。

「気付かれないように追いますか。あえて気付かれるように追いますか？」

「ああ……。一応いまのところは気付かれないようにしておこう。威嚇《いかく》してやるのも面白いが、志津香はともかく他のふたりに追い払われたら面倒だ」

「承知しました」

柊は数台の車をあいだに挟み覆面車輌のあとへ続いた。朝木たちが尾行しやすいようにか、三上はゆっくりとした運転でわかりやすい道を走った。あまりの茶番になんだか笑ってしまう。

組対の車が停まったのは署を出て一時間弱、県境を越えた繁華街の外れだった。

昼間のせいかあまり人通りはない。これでは隠れるふりもできない。しかたがないかと車から降りた三人に悪びれもせずついていくと、三上が振り返りにこりと笑った。

「こんにちは、朝木さん。奇遇ですね」

昨夜声は聞いたがこうして彼の顔を見るのは久しぶりであるような気がした。思わずどきりとし、それをごまかすためににやにや笑って片手を振っておく。

三上の隣を歩いていた雪野が同じように振り返り朝木と柊を見た。相変わらずの鋭い視線にうんざりとした色が浮かぶ。

「どうして白沢の三代目がいる。おまえが洩らしたのか」

雪野の冷ややかな声に三上はあっけらかんと返事をした。

「だから奇遇、たまたまでしょ」

「そんなわけあるか。だから三代目には深入りするなと言ったのに」

ふたりの一歩後ろを歩いていた橋場がそこで視線を背後に投げた。朝木を、それから三上をじろりと睨み呆れたような溜息を零す。

「まあいい。三代目の好きにさせておけよ。どうせ追っ払ったって無駄なんだろ」

よい悪いはともかく波長の合うマル暴はいたほうが便利だな、などとどうでもいいようなことを思った。

薄汚れたビルに組対が入っていくのを黙って見送った。時間を置いて踏み込もうと柊とふたり外で待っていたら、しかし彼らは気が抜けるほどすぐに出てきた。

「原祥子はいま店の寮にいるそうです。なんでも客を取れる状態にないとかでスタッフも嘆いていました」

朝木に説明する三上に橋場も雪野も文句は言わなかった。口出しは諦めたらしい。

そこから徒歩で十五分、後ろについていくとこれもまた薄汚いアパートの前で彼らは足を止めた。目的の寮らしい。なかなかに劣悪な労働環境だなとほとんど感心してしまう。

古い外階段を上がる三人の真後ろに続いた。今度は距離を置かなかった。繁華街のビルならともかくこんなうらぶれたアパートで遠慮をするのも馬鹿馬鹿しい。

「ここまで好きにさせていいんですか？」

雪野はさすがに渋い口調で訴えたが、橋場は肩をすくめるだけで退けた。

「いまさらだ、放っておけ。三代目なら祥子についてなにか知ってるかもしれない。顔を確認させて話を聞けばいいだろ、全員署にお持ち帰りするより手っ取り早い。なあ三代目？」

急に振られたので軽薄に答えておいた。

「このおっさんの言う通りじゃねえの？　おれは善意の一民間人として怖い顔したデカに協力してやる気はあるぜ」

「……善意の民間人が聞いて呆れる」

雪野が苦々しく零した言葉は無視をした。

祥子の部屋は二階の隅であるらしかった。三人がかわるがわる名を呼びながらドアを叩いても返答はない。

橋場に視線で確認して三上がノブを引っぱると、ドアはあっさりと開いた。祥子は部屋に鍵をかけていないようだ。

橋場の指示で、三上、雪野が部屋へ足を踏み入れた。ドアの外で見張りをしている橋場は、柊を残し彼らのあとに続く朝木を止めなかった。

下手を打つのを待っているのか単に融通がきくのかは知らないが、図太い神経だなと半ば呆れてしまう。

部屋の中は雑然としていた。狭苦しい六畳一間、探すまでもなく女の姿は視界に入った。敷きっぱなしらしい布団の上で膝を抱えて丸まり、かたかたと震えている。

「原祥子さんですね？」

三上が声をかけると女がゆらりと顔を上げた。それを見て朝木は思わず眉をひそめた。

もう十年以上も前、友人のこんなありさまを確かに目にしたのではなかったか。

祥子は土のような顔色をしていた。頬はこけ目は落ちくぼみ血走っている。覚醒剤中毒者特有の表情だ。しかもこれは相当いかれているだろう、知性のかけらも感じられない。

シャブ漬けにされ売られたと聞いたのでなんとなくの想像はしていたが、祥子の姿はそれを超えていた。確かに客を取れる状態ではない。まさに廃人というべきか。

「原さん。わかりますか？」

再度三上が名を呼ぶと祥子は焦点の定まらない目で声の主を見た。ぼんやりとした眼差しに三上の姿が映っているとは思えない。

それから彼女はふと雪野に視線を向け、そこでぱっと目を見開いた。はたで見ている朝木が戸惑うような表情の変化だった。

よろよろと立ちあがる祥子は老婆のようだった。そのまま足を引きずって雪野に歩み寄り、がしりと腕にしがみつく。

「薬を。薬をちょうだい」

ひどく掠れた声だったが、彼女がなにを訴えたのかははっきりと聞き取れた。頭の中へ不意の疑問符が浮かぶ。

なぜ祥子は声をかけた三上ではなく雪野に縋りついている？

妙な感じがした。これは知っている人間に対する態度ではないのか。そしてその人間が覚醒剤を与えてくれるはずだと祥子は信じきっているのか。

「駄目ですね、これは」

三上はすぐに祥子に歩み寄り腕を背にひねりあげながら言った。それほど力が入っているようでもないが、女が相手だからと手加減してもいない。シャブ中相手に油断はできないという判断だろう。

「署に連れていきましょう。どうせ覚醒剤反応が出るだろうし、そうしたら押さえておけますから」

「……そうだな。しばらく話は聞けないだろうが。いや、一生かもしれない」

雪野は祥子に摑まれた腕を擦りながら無表情で答えた。覚醒剤には誰より詳しい刑事なのだからこんなシーンには慣れているのかもしれない。

あるいは表情を消すことでなにかを隠したのか。

祥子は腕を取られ少しのあいだわめいていた。だが、すぐに大人しくなり今度は意味のわからないことをぶつぶつと唱えはじめた。

雪野の言うように一生まともに話などできないのかもしれない。廃人というよりは狂人だなとしかめ面をして思った。

この様子では祥子が佐久間を連れ去ったとは考えられない。そのようなことができる状態ではない。

「駄目だな、これは」

三上と雪野が祥子を部屋から連れ出すと、橋場がその様子を見て三上と同じようなセリフを吐いた。それから少し首を傾けて、ふたりのすぐあとに続いた朝木に問いかける。

「三代目、知ってる顔か？」

「知らない。残念ながら見たこともない。そもそもが森川組の女だぜ」

正直なところを答えた。知っている顔ならば進展もあったろうが言葉の通り、残念ながら見たこともない。

「佐久間の近辺で見かけたってことはないのか」

期待していないような声で投げられた質問へ、似た調子で返した。

「おれと佐久間は女を自慢しあうほど仲よくねえよ」

ふたり同じように、薄汚れた外階段の天井をうんざり仰いだ。佐久間を拐かしたのは祥子ではない、胸中に湧いた諦めを言葉にはせず共有する。

橋場が先に立ち階段を下りていった。それに祥子を連れた三上と雪野が続く。柊を従え朝木があとについていくと、そこで三上がちらと密かに視線をよこした。

見たことのない、鋭い目をしていた。なので同じく意味を乗せた眼差しを返す。

三上も朝木と同様の疑惑を持ったのだろう。それを伝えてくる瞳の色だった。

祥子は雪野を知っている、シャブをくれと縋りつくほどに知っている。いくら雪野が覚醒剤係のようなものとはいえ不自然だ。

三上は左手でこっそり電話をかけるような仕草をした。あとで連絡しますという意味だ。橋場も雪野も気付いていないことを確認してから小さく頷く。

三上が急ぎアパートまで回した車に橋場たちが祥子を連れ込んだ。四人を乗せて去っていく車を眺めながら「本部事務所へ戻ろう」と柊に声をかける。

「あとを追わなくても?」

冷静な声での問いに疲れた口調で答えた。

「女があれじゃあ、これ以上つけ回してもなにもないだろう。それに仕事がたまっている。さっさと片付けないと考え事もできやしない」

「では、車まで戻りましょう。おひとりにしたくないので、申し訳ありませんが一緒に歩いてくシャブは嫌いだ、もう何度もこころの中で、声に出して呟いた言葉をまた呟いた。

柊とふたりで繁華街まで歩きながら、祥子の姿に重なる友人のことを考えた。

冬の太陽を仰いで独り言《ご》つ。

「まったくいい散歩だなあ」

ださい」


ようやく携帯電話が鳴ったのは、その夜も一時をすぎたころだった。

祥子のアパートで電話をかけるような仕草をしておいて、いっこうに三上からの連絡がない。執務室で、座敷で、飴やら金平糖やらを口に放り込みつつ待ったが携帯電話は沈黙したままだった。待ちくたびれて寝床に潜り込み、うとうとしているときに着信音が聞こえてきた。確かに待ってはいたのだがこんな時間はないだろうと唸りながら枕元の携帯電話を摑む。

目を擦り液晶を確認してから電話に出た。

「白沢……。おまえ、いま何時だと思ってんだ。遅い」

不機嫌を隠さず言うと一応は申し訳なさそうに三上が答えた。

『すみません。祥子の件でなかなか署から出られなくて。ついさっき自室に戻りました』

仕事だったと言われてしまえばこれ以上文句もつけられない。数秒の無言を返すことで片付け話題を変える。

「で？　なにかわかったのか。女は喋ったか？」

布団をかぶったままシーツに両肘をつき顔だけ上げて訊ねると、予想通りの言葉が返ってきた。

『駄目ですね。まともじゃありません。今後もまともに戻るのかどうか。まともになったところでなにかを知っているのかもこうなると疑問です』

「そうだなあ。いつから女があれなのかは知らないが、昨日今日のことじゃないだろ。佐久間の行方不明に、少なくとも女が直接嚙んでいることはないな。策を練ってヤクザを拐かせる状態じゃない」

『はい。僕もそう思います』

三上は短く同意を示し、そこで口を閉じた。電話が切れてしまったのかと思うような沈黙が流れる。

訝しんで液晶を見るが回線はつながったままだった。ついがしがしと髪を掻き乱す。つまりこの男は自分のほうから雪野に触れることを待っているのだ。探りを入れるようなやりかたが憎たらしいとは思っても、放っておいたところで三上は喋らないのだろう。

「女のあの反応はなんだろうな。雪野を知ってるようだった」

警察の仕事に口を挟むのも気が乗らなかったが、しかたなく切り出した。ここまで来ればさすがに言及するしかない。

　ふ、という三上の吐息が聞こえてきた。笑った、というよりも、それに朝木が気付いていたことに満足したような反応だった。

　まるでテストだ。格がすべてというような社会に生きている自分を、こいつは格付けしようとしている。と思ったら、呆れるというより少々おかしくなった。

　そうではないのか。事件を追う相棒としてヤクザの組長が相応しいかどうか、生意気にも試しているのか。

『組対の覚醒剤担当だから、というわけではないでしょうね』

　あくまでも涼しい声で言う三上に、まだ探っていやがると半分笑いながら返す。

「そういうわけならシャブをくれと縋りついたりしないだろうなあ。雪野はなにか言ってんのか？」

『いいえ。覚醒剤捜査の途中で耳にしたとしか言いません。橋場さんも特に突っ込まないし』

「橋場のおっさんはアパートでの、女の様子を見てないから。見てなけりゃあの不自然さはわからないだろ。やつら、けちなドラマに出てくるシャブ中と売人みたいだったぜ？」

『ええ。そうですね』

　三上はいったん言葉を切り、思考を整えるような少しの間を置いてから続けた。

『朝木さんはどう考えます？　雪野さんは祥子とどういう関係なのか。そしてそれをいまだに説明しないでいるのはなぜか。におうと思いませんか？』

　今度ははっきりと三上のほうから提示してきた。どうやらこいつの審査には合格したらしい、手を組むに足ると判断されたようだとついひとりにやにやする。

　面白い。

　携帯電話を耳に押し当てたまま仰向けに寝転がって答えた。

「説明できない関係なんだろうな。できるならしてるさ。雪野はなにか隠してる。確かにおれもにおうと思うよ」

『僕はちょっと雪野さんを探ってみます。雪野さんがなにを隠しているのかはまだわかりませんけど、もし佐久間失踪につながるような情報が出たら連絡しますね』

　さらりと言われて、は、と笑った。揶揄の口調で言葉を返す。

「デカがヤクザにこれ以上、身内の情報を洩らすのか？　正義感ばかり強い志津香ちゃんが？」

『もう関係ないでしょ。デカがヤクザにじゃない。僕が、あなたにです。僕は悪党と看板を掲げる悪党は嫌いじゃないです。綺麗な悪党ならなおさら嫌いじゃないです、というよりは好きです。嫌いなのは、汚いくせにそれを隠すような、紛い物の正義面をしているやつです。偽りの看板なんか壊してしまえばいい』

　きっぱりと言いきられ辟易するよりもほとんど感心してしまった。こういう男は嫌いだったはずなのに、なぜかいま三上の清潔さは不快ではなかった。

「おまえはおれが綺麗な悪党だと思うのか？　ヤクザの組長をつかまえてたいした世迷言《よまいごと》だ。おれだってそこそこ汚いぜ」

笑いながら言うと、三上は平然と答えた。

『僕が汚いだけの男を抱くと思います？』

つい、にやけていた顔を強張らせた。どうしてこの男はそんなセリフをあっさり口に出せるのかと少し焦る。

不意にあの夜の記憶がざっと蘇った。

洒落《しゃら》くさい男を食ってやるつもりでしかけたのに、確かに自分は三上にただ抱かれたのかもしれない。そんなことを思ったら鳥肌が立った。

やはりこれも不快感ではなかった。なんと表現すればいいのかわからないようなこころの高ぶりと、戸惑いだった。

セックスなんて遊びだ、そう割りきっていたのにあの夜の行為は遊びではなかったのだろう。その証拠にこうもはっきりと三上の感触を覚えている。

『じゃあ、今度は僕がお礼をもらう番ですね』

朝木の揺らぎを見透かしたように三上が囁いた。先ほどまでとは明らかに違う、甘い声だった。

「礼？」

『あの日あなた、情報のお礼にと僕にセックスを求めました。警察に協力するお礼。ねえ、僕いま結構な情報をあなたに与えてませんか？　佐久間を取り戻したいあなたに協力するお礼はないんですか』

「……札束でも積むか？　おまえの嫌いな癒着の第一歩だな」

三上がなにを言いたいのかはわかる。あのときとの朝木と同じくセックスしようとこの男は提案しているのだろう。といって三上のようにわかりましたとは答えられず、はぐらかすセリフを選んだ。

三上は苛立った様子もなく言葉を返した。

『金なんかいりませんよ。知ってるくせに。僕が欲しいのはそんなものじゃないです』

「じゃあなんだ。権力？　地位？　それとも土地、株？　まあどれを取ったって癒着のはじまりだな」

『あなたの、いやらしい声を聞かせてください。それだけでいいですよ』

「……は？」

予想していたものとは違う要求を口に出されて間の抜けた声が洩れた。三上はそこで楽しそうにくすくすと笑い、誘惑の声で続けた。

『マスターベーションをしてください。いますぐ。それで、僕にいい声を聞かせて』

意味がわからない。というより、理解しがたい。

しばらくぽかんとしてしまってから、低く答えた。

「おまえは変態なのか？　そんなことできるかよ。だいたい隣の部屋に柊がいるんだぜ」

『柊さんにも聞かせてあげたら？　できないなら手伝ってあげましょう。ねえあなた、いまどこにいるんですか。隣に柊さんがいるなら寝室かな』

思わずごくりと喉を鳴らしてしまう。この男は自分の拒否を聞くつもりがないのだ、要求ではなく命令なのだ。そう思ったらひどく動揺した。

そしてきっと自分はこの男に抗わない。

それでもしばらく押し黙り、冗談ですよ、という三上の言葉を待った。しかし何秒待とうが何分待とうが三上が声を発さないものだから、細く吐息を洩らしてから答えた。

「……そうだよ。電話番に飽きて布団に潜ってるよ」

さっさと回線を切ってしまえばいいのになぜ素直に従っているのだろう。疑問は湧くものの、やはり携帯電話を耳から離せない。

憎まれ口も挟めない朝木にくすりと笑い、三上はいたずらに問うた。

『なにを着ているんですか？　僕に教えてください』

「長襦袢」

『ああ。あの夜と同じだ。僕はね、長襦袢を絡ませたまま僕の手で次第に乱れていくあなたの姿を覚えていますよ。鮮明に、思い出せる。いま思い出してます』

ぞくりとした。

そうだ、あの夜と同じだ。この男も自分と同じように、重なる肌の感触を覚えているのか。

『帯を解いて、襦袢をはだけて。美しい身体を僕に見せてください』

「……悪趣味だ」

ようやくひとこと責める言葉を吐きはしたが、右手は操られるように、勝手に動いた。左手で携帯電話を握りしめたまま右手でもどかしく服を緩める。

衣ずれが聞こえたのかもしれない。三上は甘ったるい声で続けた。

『素直ですね？　可愛いな。じゃあ、次。乳首に触ってみてください。もう直接触れるでしょ？優しく擦って』

「は……、も、おまえ、いやらしい……っ」

『僕はいやらしいですよ。どう？　あなたの乳首、もう硬くなってるんじゃないですか』

恐る恐る指先で乳首に触れたら、途端に刺さるような快感が襲ってきた。誰にされるでもなく自分で触っているだけなのにとますます惑う。

言われたようにそっと擦りながら、我慢もできず喘ぎを零した。

「あぁ……、もう、硬くなってる」

『気持ちいいんですね。興奮してきたでしょう？　舐めて、吸ってほしい？』

「ほしい……、舐めて、吸ってほしい……っ。はあっ、志津香、はやく、してくれ」

目を閉じたらすぐに瞼の裏へ、覆いかぶさる三上の顔が蘇った。やわらかい笑みと、ふとした瞬間に浮かぶオスの表情を思い出す。

全身の肌がざわめいた。

もう一度、あの夜みたいに撫でてほしい。音を立てて吸いあげてほしい。

『いいですよ。自分の手でしてみてください、気持ちいいように。いまあなたに触れているのは、僕です。あなたの乳首を、舐めて、吸ってあげる』

三上はわざとらしいくらいにゆっくりと囁いた。その声に、徐々に頭を支配されていくのを自覚できた。

いま自分に触れているのは三上だ。胸にうつむき舌を這わせ、それから強く吸ってくれる。

いつのまにか隣室にいる柊の存在も意識から消えていた。指先で乳首を摘まみあげ、その刺激に身体を震わせる。

「んっ、はぁ……、駄目だ、足りない……っ、もっと、たくさん、してくれよ……。ああ、早く嚙んで」

『嚙んであげます。痛いくらいにね。あなたそうされるのが好きでしょう？ 覚えました。ほら、感じて。もっといやらしく鳴いてくれないと嚙みちぎりますよ？ 聞かせてください。あなたはいやらしいんだからできるでしょ』

「あ……！ 感じる、感じて、る……っ。んぅ、はッ、嚙みちぎって……、そのまま、おれを、食って……っ」

『ああ、いい声だな。そうです、そうやって淫らに喘いでください』

尖った乳首に思いきり爪を立て、背をしならせる。たまらずに高い声を上げると、は、という三上の微かな吐息が聞こえてきた。

それを直接肌で感じているような気がして目が回った。乳首に食い込んでいるのは三上の歯だ、そう思ったら痛みはあっというまに鋭い快感に変わった。

あの夜みたいに、もっと噛みしだいてほしい。頭が痺《しび》れるくらいに痛くしてほしい。

『どうしよう。ねえ朝木さん。あなたの声を聞いていたら興奮してきました。僕も一緒に、こっちでしていい？』

熱を秘めた口調で問われ、誰に見られているわけでもないのに何度も頷く。

「おまえ、も、しろよ……っ。早く、やれ……！」

『想像してくださいよ、僕がペニスを勃たせて擦っているところを、僕のペニスを思い出して、想像して。僕もいまあなたが一生懸命自分でしているところを想像してます』

言われるままに思い浮かべてぞくぞくと肌が粟立った。携帯電話を片手に服を緩めている三上の姿は、普段上品なだけにえらく背徳的に感じられた。

その姿はすぐに、全裸の彼に変換された。しなやかな肢体を見せつけこの身に覆いかぶさり、乳首に歯を立てながら片手で自身の性器に触れている。

『僕、もう勃ってます。あなたも勃ってますね？』

吐息交じりに囁かれて、またがくがくと頷いた。

「勃ってる……、あ、も、触りたい……っ」

『全部脱いでしまいましょうか。邪魔でしょう？　布団もはだけて。あなたはもう寒くないです、それどころか身体が燃えそうに熱いです』

恥ずかしいと思う余裕もなく三上に指示されたように布団をはねのけた。彼の言う通り身体は燃えそうに熱く、まるで暴走でもしているみたいだった。

携帯電話を左右に握りかえ絡まる襦袢を引きはがす。なんとか腕を抜き、もう濡れた声も隠せずに哀願した。

「は……っ、もう、触ってもいいのか……。あぁ、触りたい、触らせて」

『いいですよ。触ってください。ゆっくり、時間をかけて、たっぷり楽しんで』

「ふぅ、あ……っ、も、こんなに硬く、なってる……。わかるか」

そっと握り、ゆるゆると擦った。それだけでも瞼の裏がちかちかするような快感を覚えた。さっさと強く扱いてしまいたかったが、三上がゆっくりと言うのであれば従わなければならない。

これはきっとそういうゲームなのだろう。

三上がしかけ、自分が受け入れた、こころと身体に迫るゲームだ。

『ええ。健気に勃ちあがって硬くなってますね。いまあなたのペニスに触れているのは僕の手です。たっぷり可愛がってあげます。ねえ、あなたはわかります？　僕も硬くなってますよ』

「わか、る……っ、硬い、太い、欲し、い……、入れて、ほしい……っ」

ねだる言葉は勝手に唇から零れていった。それを自分の耳で聞きくらくらしてくる。

途端に尻がきゅうきゅうと疼き出した。この場所で三上を咥えたい、のみ込みたい、もうそんなことしか考えられない。

三上はくすりと笑った。呆れる、馬鹿にするというのではなく、まるで愛おしいものにでも向けるような笑い声だった。

『後ろが物足りない？　でもそっちには触らないで。思い出して、想像して、あなたはいまから僕のペニスを入れられます。硬くて太い、僕の、ペニスですよ。ほら、感じて？　ゆっくり入ってる。ゆっくり開いていく』

「うあ、は、ああ……ッ、はいる、入ってくる……ッ」

触れてもいないのに尻がひくひくと蠢いているのがわかった。ほんとうに三上の性器をじりじりと埋められているような感覚に襲われ身体が引きつれる。

『気持ちいい？』

低い声でいやらしく問われ、はあはあ息を乱しながら答えた。

「気持ち、いい……。はぁっ、おまえ、の、ペニス、気持ちいい……っ」

回線の向こうで、ふふ、と三上が笑った。余裕の中にある熱をうかがわせる男の声だった。当然彼はわざとそれを朝木に伝えているのだろう。

ひどくあおられた。この男も自分と同じように昂ぶっている。そう思うだけで身体の奥からぞわぞわとさらなる欲情が湧きあがってくる。

ただ声を聞かせあっているだけだ。わかっているはずなのに頭も身体も確実に三上に犯されていた。

いま自分は三上に貫かれている。ぎっちりと挿し込まれ快感を交わらせている。

『あなたは奥が好きなんですよね。ほら、深く突いてあげるからもっと感じて。どうですか』

「あ……っ、あぁ、深い……っ、奥、おまえの、硬いのが、当たってる。すごく、感じるっ、もっと欲しい、もっと」

『いいですよ。中を搔き回しながらペニスを擦ってあげます。どう？　あなたのペニス、もう濡れてきました』

「んぅ、も、濡れてる……っ」

三上の言う通り、硬く勃ちあがった性器は気の早い体液を滲ませていた。緩く扱くたびに、くちゅ、ぬちゅ、というはしたない音が聞こえてくる。それにますます高揚し、余計に興奮のぬめりがあふれ出す。

『僕も気持ちがいいです。濡れてきた。ねえ、聞こえる？』

電話越しに同じような、粘液を擦る卑猥な音を聞かされた。ぞくぞくと背筋に熱が這いあがる。

この男はほんとうにいまひとりで性器を握っている。

そうではない。この身体を組み敷き根元まで突き刺して、あの夜みたいに腰を使っている。

「う……、はあっ、あ、もう、いきたい……っ」

三上に揺すりあげられる感覚がまざまざと蘇り、頭がおかしくなりそうだった。早く達してしまいたい、切羽詰まった欲が身体の中でふくれあがる。

『まだ駄目。じっくり味わってください』

朝木の訴えを三上は意地悪く退けた。

『ぎりぎりまで我慢して。気が狂うまで焦れて。そのほうが気持ちよくなれますよ』

「やぁ、も、駄目……っ、いき、たいっ」

『しかたないひとだな。じゃあ、上手にお願いして？』

笑みを含む声で命令される。普段であれば腹も立ったろうが、こんな状態では拒む方法も理由も思いつかない。

弾けそうな性器をもどかしく掴み、震える唇で懇願した。

「頼む、からっ、いかせてくれ、いかせて……っ、ああ、むりだ、許せ……っ」

朝木の言葉に三上は、今度は音に出して、くく、と笑った。聞いたことのないエロティックな声に目が眩む。

いつでも涼やかな顔をした男はこんなにも蠱惑的だ。こいつのこの声を他の誰にも教えたくない、不意に強くそう思った。

『ほんとうにいやらしいですね。わかりました、いいですよ。一緒にいきましょうか。思いきり中を締めて、僕を絞めあげてください。僕の名前を呼んで』

「あ……ッ、いく、志津香、しづ、か……！」

『たくさん出してください』

甘い囁きは、直接耳に吹き込まれているかのように頭の中を充たした。もうこらえることもできず、きつく目を閉じ疼く尻にぎゅっと力を込めててのひらへ精液を吐き出す。

瞼の裏が真っ白になるくらいの愉悦だった。快楽を伝えあい同調させて、この瞬間確かに三上とつながっているのだ。それをはっきりと身体の深い部分で感じた。

「ああ……ッ！　あ、あ……ッ、いってる。出て、る」

『僕も、出てます』

普段より僅かに高い、掠れた声に全身が痺れた。この男が極めている。その味も温度も、においも知っている。

整った顔はいまどんな表情を浮かべているのだろう。見たい、と切実に願った。

もっと彼を知りたい。底知れない色をした瞳の、底まで暴いてしまいたい。

息を止め身体を硬直させ、すぐには去らない恍惚《こうこつ》にしばらく溺れた。ようやく、なんとか目を開けるまでにどれくらい経っていたのだかはよくわからない。

一度携帯電話を離し枕元から抜いたティッシュペーパーで雑にてのひらを拭いた。震える手に巧く力が入らない。

それから再度耳に携帯電話を押し当てると、『大丈夫ですか』と問われた。三上の声はもう普段の調子に戻っている。

「大丈夫……」

答えはしたが、いまだに乱れたままの呼吸は聞かれているのだろう。そう思った途端に羞恥のようなものがこみあげてきて顔が熱くなった。

言葉だけで、声だけで、いま自分は彼に抱かれたのだ。

『一瞬逃避できたでしょ。僕のことしか考えてなかったでしょ』

一瞬の逃避、いつか唇で彼を感じたときと同じセンテンスを使われた。だが、なぜかあのときのような反発心は湧いてこない。

「おまえの、ことしか、考えてなかった」

素直にただそう返すと、三上は優しい声で言った。

『そしていまも僕のことしか考えられない。僕はね、あなたにこんな時間を与えてあげたいです。他の誰かじゃない、僕が与えてあげたいです』

「……どういう意味だ」

『あなたが気を抜いて安らげる場所に、相手に、なってあげたい、という意味ですよ』

どう答えればいいのかわからない。

唇を噛んで押し黙ると、三上は構わず穏やかに続けた。

『あなた、出会った最初から、余裕の裏でどこか張りつめているような顔をしてました。人生はゲームだ、世の中面白い、なのになんだか薄暗い、苦しい、そんな顔。だけど僕に抱かれているときは、あなた夢中になってました。それを見てたらね、こんなふうに夢中になってる顔をもっと見たいなと思うようになったんですよ。あの瞬間あなたは背負った重荷を忘れていたはずだから』

「……おれはおれに預けられた責任を重いと思ったことはねえよ」

『重いと思ってはいけないと考えているからです。その通りあなたは重荷を感じてしまえば潰れるし、だからといって全部放り出すこともできません。そういう強いところが好きだから、僕はあなたに変わってほしいとは言わない。でも、せめて僕の前でだけは脆《もろ》い姿を見せればいいんです』

認めるべきか否定するべきかに悩み結局は唸ることしかできなかった。生意気なやつだ、いけ好かないガキだ。そして頭のいい男だなと思い、悔しさと戸惑いを覚える。

白沢を統《す》べる長であれと育てられた。いまの立場には自負心もあるし当然プライドもある。所詮は道に外れたヤクザ者の大将だ、しかしそれでも大将だ。

もしこいつの言葉を受け入れてしまえば自分は傾《かし》ぐのではないか。傾いでしまえば三上の言う重荷とやらにそれこそ潰れてしまうのではないか。だが、受け入れ委ねられたらどんな感じがするのだろう。

『また電話しますね。ゆっくり眠ってください』

三上は最後にそんなセリフを残して通話を切った。途端に、ふ、と細い吐息が洩れた快楽に、ゆるゆると食い込んでくるセリフに固まっていた身体から力が抜け。

携帯電話を放り出し、はだけていた布団を直してもそもそと潜り込んだ。長襦袢を身につけるのは面倒くさいからとやめた。

火鉢であたたまる寝室でやわらかな布団をかぶって、寒いと感じることはあまりない。もう慣れた。なのに、今夜はなぜか少し寒いと感じ、全裸の身体を自分の腕で抱きしめた。

一度知ったぬくもりは肌に記憶されてしまう。ただの遊びと片付けられれば通過していったのだろうが、あの夜抱きあった男の感触は消えてくれない。

寒いのは、隣に三上の体温がないからだ。


それから数日後、朝木は電話で三上に呼び出された。

場所は街外れのショットバー、なんでも知人の店らしく定休日の今夜頼んで貸してもらったという。

いくつかの予定をキャンセルし、約束した夜八時に柊を連れて出向いた。空から細かい雪が舞い落ちる様子を車窓に眺める。つい昨日まで晴れていたのに最近の天気は変化が大きい。

車を降り寒さにかじかむ手でバーのドアを開けた。確かにルービックキューブでも転がしていないと、指が凍りついてしまいそうだなと思った。

店の中はあたたかかった。カウンターでひとりグラスを傾けていた三上が朝木の姿を認め、にこりと笑った。

「こんばんは。ほんとうに今年はよく降りますね」

グラスに入っているのは見る限り酒ではなくただの水だ。腐るほどアルコールのある場所だったが、話があると朝木を呼び出した彼に酔うつもりはないらしい。

先日の、電話越しの行為を思い出しつついどきりとする。それを隠すためににやにや笑って「誰かが悪さでもしてんじゃねえの」と返しはしたものの、巧くいったかどうかはわからない。

「あれ？　柊さんは？」

「外にいるよ。ドアの前で立ってる。柊はおれの門番だ」

「こんなに寒いのに？　中に入れてあげてください。たとえば僕が暴漢だったら門番じゃあなたを守れませんよ」

ふたりきりになってもセックスに誘いはしませんよ、という意味か。

ドアを開け促すと柊は素直に従った。驚いた顔は見せなかったが数度目を瞬かせたから少しは驚いたのかもしれない。

柊の中で三上はいまどんな位置付けをされているのだろう。主にとっての特別な男、であるのならなんだか居心地が悪いなと尻のあたりがむずむずした。

狭いテーブル席に朝木と三上が、カウンターの端に柊がそれぞれ腰を下ろした。差し出されたグラスを傾けるとやはりただの水だった。

「残念ですが酒は出せません。捜査会議ですから」

告げられたセリフに軽く頷いてから答える。

「なにがわかった？」

「なにかわかるだろう、と思います」

三上は空いた椅子に投げてあった洒落た鞄から一冊の手帳を取り出し、テーブルに置いた。結構厚い。

黒い革がすりきれかけた味気ない手帳は三上には似合わなかった。他人の持ち物なのだろうと推測する。

「雪野さんの、私用の手帳です」

予想通りのような、思ってもいなかったような言葉を告げられつい間の抜けた声を返した。

「は？」

「帰りがけに盗んできました。僕、スリの才能あるかもしれない。まだ中は見ていません」

「ひでぇデカだなあ。仲間の手帳を盗むのかよ」

呆れた口調で零すと、三上は涼しい顔で答えた。

「もし雪野さんが汚い刑事なら容赦などいりません。正義面したゴミを排除するためならなんでもする、僕はもともとそういう男ですよ。知ってるでしょ」

三上の癖を真似し、両手を肩の高さで開いて返事にかえた。それゆえに県警本部から厄介払いされた男の清廉さはもちろん知っている。

三上は朝木が見やすいよう向きを変えためらいなく手帳を開いた。見開きで一週間の、外見通り飾り気もなにもないスケジュール帳だった。

はじめのページは去年の四月。等間隔に並ぶ几帳面な字はいかにも雪野らしかった。ざっと見たところ集合時間だとか場所だとか仕事上のものだろう覚え書きが多い。あとは、銀行、だの、買い出しだの日常生活のメモだ。

「佐久間が消えたのは……」

ぺらぺらとページをめくりながら呟く三上に言った。

「一月の半ばだ。一月の終わりに、二週間ほど姿が見えないと報告を受けた」

「いまは二月半ばですからもう一か月になりますね」

三上は一月のページを開き最初の週の書き込みにじっくり目を通した。癖で腕を組み同じように睨む朝木の目にも特に不審な記載は見受けられない。ふたり目を合わせて、違う、と無言で確認する。

それから三上は、朝木が追えるようにゆっくりと一枚めくった。一月の二週目。つい眉をひそめた。真っ先に目に入ったのは、週も終わる日曜の日付につけられた雑な丸印だった。

不自然だと誰の目にもわかる。それまでのきちんとした文字の印象を裏切る、ひどく感情的な筆圧で記されている。

二週目の終わり、つまりは一月の半ば。

三上はそこでは顔を上げなかった。胡桃色の瞳に鋭い光を宿しじっとそのページを見つめ、次のページ、次のページと順にめくっていく。

丸印がつけられた日の翌日からは、日付の数字を消すようにレ点が打ってあった。それまでいっさいそんなものはなかったのに必ず毎日、昨日まで一度の抜けもない。

今日以降の欄には特に予定は記入されていなかった。白紙だ。三上はそれを確認したあと一度一月二週目のページまで戻り、ひとつひとつ散らばるメモを指さした。

「入手。処分。夜九時。鍵。それから……丸印？　なんでしょう。ちょっとこれだけでは意味がわからないです」

「こっちはなんだ？　ヒロミヤ食品工場？　雪野になんの関係がある？」

組んでいた腕を解き、片隅にごく小さく書かれている文字を指先で示した。三上は左手の人差し指をこめかみに当て数秒口を閉じた。記憶を呼び起こす仕草らしい。

それから、ああ、と声を零して朝木を見た。

「食品工場といえば、およそ一か月前に業務を停止したばかりの廃工場がありますね。確かあそこヒロミヤ食品の所有でした。車で三十分ほどのところです」

「一か月前か。ちょうど佐久間が消えたころだな」

じっと目を見あわせた。ふたり押し黙ったまま互いの内心を探りあうように視線を絡ませる。なにか言うかと思ったが三上は声を発しなかった。こういった場面では相手の言葉を待つのがこの男の方針らしい。

「廃工場ねえ。盗んだ宝箱を隠すにはうってつけじゃないか？」

ひとくち水を飲んでから口を開いた。憎たらしい手管は県警本部第一課のころの癖なのかもしれない。一に恫喝《どうかつ》二に恫喝といったマル暴のやりかたではないなと思った。

「そんな工場がここにメモしてある以上、なにかあるんだろうな。意味がないわけはない。雪野は食品工場の裏で捨て犬みたいにメシをたかってたのか？　まさかだろ」

三上は朝木の言葉に頷いて、さらりと同意を示した。

「ええ。なにかあるでしょうね。メシをたかっていたのでなければ」

「いまから行くか。あいにくの雪だが、今年の冬はいい子にてるてる坊主を吊るしたって明日晴れるとは限らねえな」

「あなた自分の目で確かめないと気がすまないタイプ？　気が合いますね、僕もです」

にっこりと笑った三上はいつも通りの涼やかな男に見えたが、その目には鋭い光が宿っていた。

なるほどこいつは確かにデカだとこころの中で納得する。

すぐに三人でバーを出た。三上はドアに鍵をかけながら「今度は酒を飲みましょう」と軽やかに言った。

「そういえば僕とあなたは一緒に酒を飲んだことがありません。仲よしなのに変ですね？」

「すべてに片がついたらつきあってやるよ。お綺麗なおまえのために割り勘で」

同じように軽く返すと、三上はくすくす笑った。

「朝木さん。あなたずいぶんとやわらかくなりましたね。僕に対してだけならいいな」

「馬鹿か。おれはいつでも誰にでも優しい紳士だぜ。ついでにいつでも誰の前でも服を脱ぐんだよ」

つまらない口説き文句はひらひらと片手を振って躱し、さっさと車へ歩く。

なにかあったときのためにと二台の車で廃工場へ向かった。三上が先に雪道を走り目的地まで誘導する。

柊の運転に身を任せ朝木は車窓に目をやった。散る雪を眺めながら、佐久間のいつでも飄々としている表情を思い浮かべる。

むかし、屋敷の庭で一緒に雪だるまを作ってくれた。佐久間は特に楽しそうでもなかったが、いやがってもいなかった。そういう男なのだ。そういう男だからこそなついたのだろう。

淡白な男には雪景色がよく似合っていたと思う。


廃工場に辿り着いたときには夜も九時を越えていた。雪はやむどころかますます派手に舞い落ちてくる。

三上は、工場から少し離れた場所に車を停めた。すぐそばまで行ってしまえばもし誰かがいるのなら、あるいは来るのなら警戒されるということだろう。

柊は三上にならってその後ろに車をつけた。夜の郊外、エンジンを切ってしまえばあたりはほとんど真っ暗だった。さてこれでどうするのかと思っていると、細いペンのような懐中電灯を手に三上が歩み寄ってきた。

「よくそんなもんを常備してるな」

柊が開けたドアから外に出て声をかけると、三上はにこりと笑って答えた。

「僕の車いろいろ積んでますよ。いつどこでなにがあるかわかりませんから」

三上、朝木、柊の順で雪の中目的地へ向かった。目立つので傘はささなかった。そのうえ、コートを着てしまうといざというとき動けないと、三人ともスーツのままだったため当然寒い。

夜目に眺めた廃工場はそれほど大きくはなかった。背の高い門には南京錠がかかっていたが、数本の針金を使って三上が簡単に開けてしまった。

確かにあれこれ持っているようだし器用だ。こいつはスリだけでなく泥棒にも向いているなとどうでもいいことを考える。

細く開けた門から敷地に侵入した。元通り門と南京錠を閉めながら来た道に目をやると、大げさに降る雪ですでに足跡が消えかかっていた。これならあとから誰かが訪れるのだとしても不審には思われないだろう。

駐車スペースの向こう正面、大きな表口に三人で歩み寄った。ここは南京錠ではなくナンバーロックとカードキーで施錠されている。

「これはすぐには開きませんね。荷物を搬入出する場所だから厳重なんでしょう。それなりの道具がないとむりです」

懐中電灯をかざし、特にあれこれ観察するでもなく三上が言った。

「つまり、元職員でもない限り誰にとってもちょっと面倒だということです。刑事でもあまり出会いたくないタイプのロックです」

「こういうところなら搬入出口以外に、スタッフが普段出入りする通用口があるんじゃないか」

「よく知ってますね。どこかの工場をチャカのやりとりにでも使ったことがあるんですか？　物騒だな。まあ、僕もそう思います。探してみましょう」

三上はあっさり表口に背を向け建物の裏手に向かった。こんな探索には慣れているのか足取りに迷いはない。

通用口はすぐに見つかった。

数分歩くと建物の真裏に素っ気ない小さなドアがあり、横にスタンド灰皿が置いてあった。職員が仕事の合間にここで一服していたのだろう。

三上は先に立ってドアに近付き長身を屈めてノブを覗き込んだ。

「ああ。単純なディスクシリンダーか。こんなのほとんど玩具ですよ。表口と違ってずいぶんと杜撰《ずさん》です。泥棒に入られても表が解錠できなければ商品は運び出せないということかな」

「開けられるのか？」

「ええ。でも、ちょっと待ちましょうか。誰か来るかもしれないですし。たとえば雪野さんとかね」

振り返った三上と目を合わせた。また相手の見解を待って黙るのかと思ったが、時間を惜しんだのかさすがにもう完全に朝木を認めたのか、三上はさらりと続けた。

「ここに来るあいだ考えていたんです。雪野さんの手帳にあった一日も間を置かないレ点、あれは毎日どこかに通っているという意味なんじゃないでしょうか」

言われて納得した。今日も行きましたという確認、あるいは記録として彼は日付をひとつずつ消しているのかもしれない。

「要はこういうことか？　この件の犯人が雪野だと仮定して、やつは一月半ばの丸印の日に佐久間をなんらかの方法で拐かし閉じ込めた。そして以降毎日食料だかを運んでいる？」

「と考えれば事件のアウトラインが見えてくる気がするんですけど。ただ、どうしてもわからないことがある。その仮定が事実だとしたら、雪野さんはなぜそんなことをしているのか」

「確かにそれはまったく見当がつかないな……」

腕を組んで唸っていると、その朝木に三上はポケットから取り出したなにかを渡してきた。腕を解いて素直に受け取ったそれは小さなルービックキューブだった。

こんなときまで緊張感のないやつだと正直呆れた。それから、この玩具は彼なりの精神統一法なのかもしれないと思い直した。

「どうぞ。暇でしょうから遊んでいてください。手も凍りつかずにすみますし。大丈夫、それ音が出ないようになってますから。あ、もしかして朝木さん、こんな簡単なゲームもできないんですか？」

軽口を言われたので鼻で笑っておいた。肩の力を抜けという意味なのだろう。

手渡されたルービックキューブをぽいと投げ返した。

「いらねえよ。凍りついたおれの分までおまえが動け。善良なヤクザを厄介者のデカが守れ」

「結構面白いんですけどね。わかりました、布教は諦めます」

三上は暗い中玩具を空中でキャッチして、特にこだわらず朝木に背を向けた。この男がいつでもまとっている余裕はほんものなのだと思い感心する。

通用口からいくらか離れた建物の陰に移動し、隠れて様子を見ることにした。容赦なく肩や髪に積もる雪を払いながらしばらく待つ。

手足が震え出すような寒さに朝木は両手で自分の身体を抱いて耐えた。本気で凍りつきそうだ。だが、三上も柊もあまり気にしていないようで平然としている。こういう仕事に適性があるのか単に慣れなのか。

「来ました」

三上が小さく囁いたのは、雪の中に突っ立って三十分ほど経ったころだった。

彼は手元のルービックキューブから顔を上げもしなかった。気配だけで近付く他人を察知したらしい。まともに色も見えないような暗闇で玩具かと半ば呆れていたが、優れているのは夜目だけではないようだ。

ポケットにルービックキューブをしまい、三上はそっと通用口の方向を覗いた。少しして朝木の耳にも雪を踏む足音が聞こえてきた。細い光が揺れているのは懐中電灯だろう。

「雪野さんです。ひとりです」

やはり雪野か。密やかな声にどくりと心臓が鳴った。

「仮定通りだな」

「焦らないでください。動きを見てこっそり追いましょう。決定的なシーンを確認しないとどうにもなりません」

冷静に言う三上に頷いて、彼の陰から通用口のほうを盗み見た。ドアの前に立っているのははたして雪野だった。

懐中電灯を片手にスーツからキーホルダーを取り出しあっさり解錠して中に入っていく。おそらくは鍵を勝手に作ったのだろう。それほどに彼は何度もこの場所を訪れている。

「行きましょうか。音を立てないで」

雪野が工場内部に消え数分待ってから三上が囁いた。頷いて先に立つ彼に朝木、柊の順で続く。

そっとドアを開けると右手に大きなエレベーターの扉があり、左手には地下への階段があった。

一階は暗いままだったが地下には照明がついている。雪野はどうやら地階にいるらしい。

「まだ業務停止したばかりだから通電しているみたいですね。地下なら電気をつけても周囲にはばれません」

三上は小声で言ってから階段に足を向けた。これも三人同じ順に並んで地下へ下りる。

地階には幅の広い廊下があり、重たそうな横開きの扉が三つ並んでいた。各々に第一倉庫、第二倉庫、第三倉庫と書いてある。

三上は足を止めしばらく黙っていた。それから不意に第一倉庫の扉を指さし「ここですね」と声をひそめて言った。

「音がします。雪野さんはこのドアの向こうにいるでしょう。雪野さんだけ、なのかはわかりませんが」

「佐久間がいるかもしれない？」

「あるいは。いえ、おそらくは。シュレディンガーの猫なら逃げていてほしいけど、佐久間が失踪したままということは箱の中ですよ」

　不吉なことを言うなと文句をつけようとして、やめた。三上の言う通り扉を開けてみなければ中の状況は不確定だ。ここに佐久間がいたとして生死すらもわからない。

　とはいえ雪野がこうして足を運んだ以上、どのような状態であれ佐久間は生きていると考えるのが妥当だろう。毎日手帳にレ点を打って、こんなところまで死体を磨きにくる物好きがいるとは思えない。

　三上はドアに手をかけ、その手をすぐに離した。朝木と柊を振り返り小さく左右に首を振る。

「鍵はかかってませんが、重いです。音もなくそっと開けて覗き込むなんて芸当はできません。こっそり様子をうかがおうと思ってましたけど、これじゃむりですね。開けたら即対決だ。開けますか？」

「開けろ」

　即答した朝木に、三上は満足そうに目を細めた。両手を扉にかけて力を込め、一気に引く。がらがらと派手な音がした。と同時に真横から思いきり突き飛ばされて三上とともに廊下へ倒れ込む。

　扉が開く音に交じって聞こえたのは拳銃の発砲音だった。はっと顔を上げると柊がその場に膝をついていた。

床に落ちる血の色を見て青ざめる。柊は朝木と三上をかばい自ら撃たれたらしい。

「柊！」

慌てて身を起こし近寄ろうとすると血に濡れた手で制された。

「大丈夫です。脚をかすっただけです。三代目、不用意に前へ出ないほうがいいです」

冷静な声に少しほっとしていると、後ろから三上に肩を掴まれた。

「ごめんなさい、僕が悪い。不用意なのは油断していた僕です。柊さんはここにいてください、朝木さんは僕の背後に隠れてください。行きましょう」

「ですが」

「もう把握しました。危険を想定していれば僕は結構強いです。あなたの三代目は僕が守るので心配しないでください」

柊の視線が確認を求めていたのでひとつ頷いて返した。それから柊をその場に残し倉庫へ踏み込む三上のあとに続く。

危険を想定していれば、というわりに三上は平然としていた。朝木をかばい前へ立つ姿には無駄に身構えている様子はない。

相手を挑発しないようにということか。スマートな男は臨戦態勢においても実に涼やかだ。

倉庫の中はがらんとしており、壁際に背丈ほどある四角い業務用冷凍庫が三つ並んでいるのみだった。廃工場だ、いずれそれらも整理する予定なのだろうが、すぐには持ち出せなかったのかもしれない。

雪野はひとり冷凍庫の前、真ん中に立っていた。

整った顔は気味が悪いくらいの無表情だった。眼鏡の向こうからふたりを見る目だけがいやに鋭い。

雪野はもう銃を下ろし緩く右手にぶらさげていた。署から持ち出したのだろう。手帳を盗まれたことに気付き、このような状況になることを予期していたのかもしれない。

「雪野さん。こんなところでなにをしてるんですか。いくらヤクザだからって無抵抗の人間をいきなり撃つのは処罰ものですよ」

「他人の私物を勝手に持ち出すのは褒められたことなのか？」

「いいえ？　窃盗です。ですが僕は汚れた刑事など人間だと思っていませんので」

緊迫した空気の中、あまりに淡々としたふたりのやりとりに焦れた。少なくとも朝木は怒号やら威嚇やらが飛び交うような騒がしい戦場しか知らない。

「雪野。佐久間はどこにいる。おまえがあいつを連れ去ったんだろう。無傷で返さないと佐久間の子飼いに死ぬまでつきまとわれちまうぜ」

待っていられず三上の後ろから口を挟むと、雪野は視線を朝木に移した。しばらくじっと見つめ、それから彼は不意に左手を伸ばし背後にある冷凍庫のドアを開けた。

思わず息をのんだ。

明かりのともる冷凍庫の中に佐久間は目を閉じて座っていた。しまわれていた、置かれていた、保管されていた、と表現するのが正確なのだろう。通電しているのだから内部温度は零下だ、つまりは明らかに死体だ。それでも、佐久間はただそこに、静かに座っているように見えた。

きっちりスーツを着ていつもの淡白な顔のまま、まるで生きているかのように。

「佐久間」

無意識に掠れた声が洩れた。佐久間は死んでいるという実感がなかなか湧かなかった。それほどに彼の死体は綺麗な保存状態にあった。いまにも立ちあがって冷凍庫から出てきそうなほどだった。

「なぜ？」

三上は短く雪野に問うた。特に驚いているようではない。彼はこんな展開を予想していたのかもしれない、呆然としたままそう思った。

雪野は三上に目を戻し、相変わらず感情をうかがわせない声で答えた。

「この男を自分のものにしたかった」

すぐには意味がわからなかった。それは三上も同じだったのだろう。彼は少しの間を置いてから「自分のものにしたかった？」と雪野の言葉をくり返した。

雪野は特に表情を変えることもなく続けた。

「誘われて寝た。もう何年も前から、数えきれないほど何度もだ。互いに計算、遊びのようなもののはずだったのに、いつのまにかおれは佐久間にはまっていた。どうしても、なにをしても欲しい。誰にも渡したくない」

「……だから、殺した？」

「こうすればおれだけのものだ。もう佐久間は女を抱けない」

やはり咄嗟には意味がわからなかった。それから、じわりと雪野の言葉を理解し肌が粟立った。思い浮かべていたぐちゃぐちゃとしたものの正体はいま目の前にある。色恋、執心、そんなもののでひとは簡単に狂うのだ。

わかっていたはずなのにいざ対峙《たいじ》すると身が冷える。同じ人間の姿をしているのに雪野のこころはもう人間ではないのかもしれない。

あるいは、誰よりも人間らしいというべきか。

「原祥子をあんな状態にしたのは、あなたですか」

三上は動揺を見せなかった。刑事なのだからこのような場面には慣れているのだろう。

「そうだ。佐久間にとってのセックスはゲームみたいなものだから手が早い。たくさん女がいたんだよ。許せなかった。端からシャブ漬けにして売った。祥子はただそのうちのひとりだ」

答える雪野の声には高ぶりも焦りもなかった。それがかえって彼のずれた内心を示しているようだった。

雪野は真っ直ぐな男なのだろう。強い、曲がらない。それは逆にいえばしなやかさを欠くということだ。一度方向が狂ってしまえば狂ったまま、ずれたままひた走ることしかできない。

「なるほどね。他にも祥子のような女がいるのか」

三上の呟きを聞いているのかいないのか、雪野は飄々と続けた。

「それなのに、佐久間は次々と新しい女を抱く。何人女を潰しても駄目なんだとわかった。佐久間を自分のものにするためには、こうするしかなかった」

雪野は右手に銃をぶらさげたまま左手でそっと凍る佐久間の頬を撫でた。その優しい手付きにぞくりとする。

この男の静かな狂気は、嘘偽りない、ほんものだ。

徐々に身のうちから動揺が去ると、次に湧きあがったものは憐憫《れんびん》だった。確かに佐久間は誰かのものになるような人間ではない。そんなに簡単な男ではない。

それでも手に入れたいと願えば、奪えるものは命だけだったのか。そこまでして雪野は佐久間が欲しかったたか、そうも愛したか。

佐久間はどのような思いで雪野の手にかかったのだろう。争った形跡もない佐久間の姿を見つめて想像し、軽い吐息を散らす。

なににも囚われない、感情を知らない彼のことだ。理屈も理論も通用しない雪野の殺意を理解しないまま死んでいったに違いない。

「どうせこの工場もいずれ電気が切れますよ。死体は腐ります」

あえてなのか言葉を選ばない三上に雪野は平然と返した。

「ああ。いま、大型冷凍庫を設置できる部屋を探している。見つかったら連れて帰る。ここは単につなぎだ」

「手帳の丸印は殺害した日。レ点でのチェックは、毎日ここを訪れていたという記録ですか」

「そうだよ。おれは毎日佐久間に会いたい。同じ部屋に住めるようになれば四六時中一緒にいられる。おれはもう、佐久間から離れない」

雪野の声に、そこでようやく微かな感情がともった。屈折したよろこびが洩れ出すような、震えた、そしてどこか切ない声だった。

冷めた顔の裏にこの男はこんなにもいびつな想いを抱えていたのか。

朝木はつい右手を握りしめた。這い寄る憐憫にはもどかしさが絡みついていた。

言葉の通じない男に、それでも真実を知らしめる言葉はあるのだろうか？

「雪野。こんなことをしても佐久間はおまえのものにならない」

ひとつ深呼吸をしてから口を開いた。雪野はすっとなめらかに朝木へ視線を移した。

相変わらずの鋭い眼差しには、見たこともないような炎がちらちらと揺らめいている。それはとても美しく、同時にとても、痛ましかった。

「人間は死ねば終わりだ。感情も意思も消える。そこにあるのはただの肉塊なんだ、冷凍肉だ。残念ながら人間は旨くないし食用にもならねえよ」

三上と同じように遠慮のない表現を使った。怒りなり動揺なりを誘い雪野の狂気にひびを入れてしまいたかった。

でないとこの男は正気に戻れない。それはあまりにも哀しく悲劇的だ。自身の罪を理解してしまえば重みで潰れるのだとしても、いかれた夢の中で暮らすよりはましだろう。

「いや、佐久間だ。生きていようが死んでいようが佐久間はここにいる」

しかし雪野には揺らぐ気配も見えなかった。朝木に答える声は惑わない。

「おれは毎日会いに来ているが佐久間は全然変わらない。佐久間はこのまま、変わらないまま一生おれのそばにいる」

「人間は変わるいきものだ。変わらないということはもうそれは人間じゃないんだ。心臓が鳴らない、血も流れない、細胞は生まれかわらない、なにより死体には思考がない。そんなもんを後生大事に飾っておいてもご利益なんかないぜ。惨めなだけだ」

「おれのものになればそれでいい。人間だろうが死体だろうが佐久間は佐久間だ」

言葉はまったく通じない。

雪野はおのが感情に、自身にしか把握できない理屈をつけてしまったのかもしれないと思った。だからひとつの迷いもない。ぐちゃぐちゃに乱れる狂気は雪野の手により整理され、さらに歪んだ形に固められてしまったのだろう。

普遍的な正解は雪野にとっては意味がない。それは禁忌《きんき》なのだといくら言いつのろうが、いまの彼には届かない。

「……佐久間はもうおまえを見ない。佐久間はもうおまえと話しもしない。いいのか？」

ならばと問う言葉に変えた。強固な狂気の弱点を探しながら言う。

雪野はそこでふと冷凍庫の中に眠る佐久間へ視線を向けた。まるで、そうなのか、と死体に訊ねるような眼差しだった。

その雪野の表情を見つめたまま続ける。

「佐久間はもうおまえを愛することも憎むこともしない。佐久間はもうおまえを抱かない。それでも佐久間はおまえのものになったと言えるのか？　おれはそうは思わない。佐久間の眼差しを覚えているか？　佐久間の声を覚えているか？　佐久間のあたたかい感触を覚えているのか？　全部もうこの世にはないんだよ。雪野、おまえは可哀想だ」

「……おれは可哀想じゃない。佐久間を手に入れておれはいま充ちている。しあわせだ」

「それが思い違いだとわからないのか？　おまえはそこまで馬鹿なのか？　佐久間を殺しておまえは佐久間を手に入れたんじゃない。佐久間を失ったんだ。永遠にな」

雪野の左手が佐久間の頬からだらりと落ち、視線が朝木に向けられた。問う、抗うというよりも、ただ深い苦悩をたたえる目だった。

それから彼の瞳の色がふと変わるのを見た。なぜ言ってしまうんだ、どうして答えを教えてしまうんだとなじる色だ。

胸のあたりがちりちり痛くなる。もしかしたらこの男もこころのどこかでとうに気付いているのかもしれないと思った。

雪野は佐久間を永遠に失った、その事実を、寄り添う温度のない肌で知っている。だが、懸命におのれを騙《だま》し、見ないふりをしてきたのではないか。

しあわせだ、しあわせだ、自身に言い聞かせ錯誤の氷を撫でながら、彼は凍るてのひらの痛みを確かに感じていたのだろう。

だからこその非難の目だ。

三上が動いたのは、雪野が右手を上げるのとほぼ同時だった。銃口が自分をとらえた、と思った次の瞬間に、雪野に駆け寄った三上の足が銃を蹴り飛ばしていた。

豹のようにしなやかな、まるで映画のワンシーンみたいに美しい動作だったものだから思わず見蕩れてしまった。泥くささなんて似合わない。この男はいつでもどのような場にいても、清く、正しく、綺麗なのだと思った。

自分の方向へ放物線を描き飛んでくる銃を咄嗟に受け止める。それからはっと視線を戻すと、一歩の距離を置いて向かいあう三上と雪野の姿が目に映った。

先ほどまでの静けさとは種類の違う、張りつめた沈黙が倉庫に充満する。三上を睨む雪野がいままとっているものは間違えようもなくはっきりとした敵意だった。

「先に殴っていいですよ」

それを正面からぶつけられていながらなお、静寂を破る三上の声は涼やかだった。

「僕はいまからあなたを捕らえます。かける情などありません。でも、僕から手を出すのは気分が悪いので先に殴っていいですよ」

「……おまえのようなやつにはわからないんだ。おれがどんな思いで佐久間を殺したのかなんてわからない」

「わかりませんねえ。わかりたくもありません。いまの我が国では、殺人は罪です。言ったでしょ。犯罪者にかける情などありません。僕はあなたを署に連れ帰ります。佐久間の死体は処分、残念、あなたもう佐久間に会えませんね」

さっさと殴れ、とそそのかしているのだろう。

三上なりに腹が立ったのかもしれない。胸くそ悪くなったというべきか。連れ帰る前に一暴れしたい、あるいは雪野に一暴れさせてやる？　いずれにせよ無茶をするものだとはらはらしてしまう。

三上の言葉に雪野はぴくりと肩を揺らした。きつく眉をひそめて距離を詰め、それから大胆な動きで三上の左頬を殴りつける。暴力に慣れているはずの男なのに加減も忘れたような荒っぽさだった。

あなたもう佐久間に会えませんね、三上が発したそのセリフに雪野は動揺したのかもしれない。三上は一歩後ずさったが、それだけだった。やわな男ならば吹っ飛びそうな一撃にもたいしてダメージを受けていないらしい。

切れた唇の端を手の甲で拭い、にっと笑う。あまり見ない表情だった。

「さあ雪野さん。娑婆《しゃば》で最後だ、殺す気で、死ぬ気でやりましょう。僕がつきあいます。すっきりしてから檻に入って、あとはせいぜい悔やんでください」

抜いたネクタイを放り出して言う三上の声は楽しそうではなかった。だが、悲哀を帯びてもいなかった。情などないと断言した男の、これが情なのだろう。

ならば止めても無駄か。

言うなり三上は雪野の肩を掴み引き寄せ、その腹に左膝を食い込ませた。正直見ているほうもその衝撃を想像して吐きそうになる。

雪野は身を折って三上の腕にしがみついた。あっというまに勝負がついたと朝木が思ったところで、しかし雪野は三上の脚を払おうと蹴りをくり出した。さすがに組対だ、怯みがない。

一瞬ひやりとしたが、三上にもいっさい怯みがなかった。雪野の足を躱して首に腕を回しそのまま引き倒す。

床に倒れ込んだ雪野に馬乗りになり、三上は容赦なく一、二度顔を殴った。取り押さえるための暴力というよりは純粋にただの喧嘩のように見えた。三上はそうして、言葉を解さない男の目を覚まさせたかったのかもしれない。

コンクリートの床に押さえ込まれ雪野は少しのあいだもがいていたが、すぐに大人しくなった。

それを認めた三上が手を緩めると、雪野はそこで呻くように言った。

「……おれは佐久間から離れるわけにはいかないんだ。一秒でも長くそばにいる」

低い声は朝木の耳にも届いた。あまりに切実な呟きに胸のあたりが苦しくなる。

だが、そんな悠長なことを感じていられたのも数秒だった。雪野が前触れもなくスーツから摑み出したナイフを見て息が止まる。

刃渡りの短い、小型のナイフだ。とはいえ急所を刺せば相手は死ぬだろう。

雪野の目は、敵意を超えた殺意できらめいていた。誰の命を奪ってでも彼は佐久間のそばにいたいのだ。彼の言葉通り、一秒でも長く。

「そいつを離せ」

空中で受け取ったままだった拳銃を雪野に向けたのは、発作的な行動ではなかった。はっきりと正気だった。ぶれのないよう両手で構えハンマー《撃鉄》を起こす。

かちり、という物騒な音が倉庫に響いた。

三上と雪野は驚いたような顔をして朝木を見た。想定外の展開だったらしい。

いくら扱えるとはいえ、こんなものを振り回す趣味はない。自分だって想定外だと思いながら雪野の頭に狙いを定める。

「雪野。おまえが志津香を殺したら、おれはおまえを殺す。確実に殺す。可哀想にな、おまえはもう佐久間を思い出すことさえできなくなるんだよ」

雪野は朝木の気迫にはじめて怯みを見せた。ほんの数秒の小さな隙だ。

三上はその隙を見逃さずナイフを奪い取り、雪野を床へうつぶせに組み伏せた。腕を背でねじりあげ「なにか縛るものをください」と冷静な声で言う。

慎重に拳銃をその場に置き、歩み寄って抜いたネクタイを手渡した。三上に両手首を縛られるあいだ雪野は抵抗もしなかったし、なにを言うこともなかった。

雪野はようやくありありと実感したのかもしれない。ロジックの通用しない男は、佐久間を欲するがあまり結局は佐久間を失った、それをおのれに認めたのかもしれない。人形のように力を失った雪野を見下ろしながら思った。

彼が撫でた佐久間、だったものにももう触れられない。

「ありがとう」

不意に三上のやわらかい声が聞こえて視線を移した。にこりと笑う三上の顔は唇の端に血が滲み痛々しかったが、それでも美しかった。

「あなたのおかげで助かりました。僕一瞬死を覚悟しましたよ」

「おれはなにもしてねえよ。デカの喧嘩を見てただけだ」

「僕が殺されたら仇《かたき》を討ってくれるんでしょう？　すごい殺し文句。痺れますね」

こいつはもう余裕かと半ば呆れる。

三上は雪野を片手で床に押さえ込んだままスーツから携帯電話を取り出し、きびきびと指示をした。

「朝木さん。柊さんとふたりで早く工場から出ていってください。ここにいたらまずいでしょ。あとは僕ひとりでなんとかなりますから」

「と言われてもなあ」

「すぐに応援を呼ぶので大丈夫です。さあ早く。このまま署にご案内するのも気が引けます」

確かにそれは遠慮したいとしぶしぶふたりに背を向ける。

脚を負傷している柊に肩を貸し、通用口から建物を出た。雪野が開けたままらしく鍵のかかっていない門から車へ向かう。

夜の雪はますます強まっていた。おまけにあたりは暗く足元がおぼつかない。こんなことならば三上から懐中電灯を借りてくればよかったと思ったところで遅い。

ようやく辿り着いた車の助手席に柊を押し込み、自分は運転席に座った。エンジンをかけたところで不意に、それまで押し黙っていた柊に謝罪された。

「申し訳ありません」

力ない声は怪我のせいではないのだろう、この男は自身の不手際を悔いているのだ。否定するために強い調子で返す。

「馬鹿言うな。おまえがかばってくれなけりゃ、おれか志津香が撃たれてたぜ。事務所に戻ったらすぐに医者を呼ぶからそれまで耐えてくれ」

「……申し訳ありません」

それでも納得しないのかくり返され、頷いて流した。

アクセルを踏み雑に雪道を走った。運転は得意なほうだが最近はあまり自分でハンドルを握らないので、タイヤが氷を踏むたびに内心ひやひやする。

「佐久間も、雪野も哀れだなあ」

ハンドルを切りながらつい独り言を洩らすと、助手席の柊が静かに答えた。

「三代目。死ねば終わりです」

それは倉庫で自分が言った言葉だ。柊は聞いていたのか、それとも単に思考が似ているのか。

事務所まで車を運びながら佐久間と雪野のことを考えた。

最期《さいご》の瞬間に佐久間はなにを考えたのだろう、そして雪野は息絶える佐久間を見つめてどんな思いを抱いたのだろう。

重い溜息が勝手に唇から零れた。

誰ひとり報われない結末だ。

土曜日の夜、朝木は三上と待ちあわせをしたホテル最上階のバーに出向いた。工場に忍び込んだ日からおよそ一週間が経っていた。

次は酒を飲もうと言った彼に、片がついたらつきあうと答えたのは自分だった。いまさら誘いを断れば負ける気がする。それに、彼の顔が見たいという仄かな欲は否定できなかった。

冬の夜空には細かい雪が舞っていた。もういい加減雪にも飽きたとは思うが、天候を相手に降れだのやめだの祈るのも馬鹿馬鹿しい。

軽傷だったため数日で復帰した柊とともにバーへ足を踏み入れる。三上はすでに到着していて、窓際のテーブル席でひとり酒を飲んでいた。

めざとく朝木を見つけた三上にひらりと片手を上げられ無言で歩み寄る。柊はなにを指示せずともバーの入り口が見えるカウンター席に座った。

「こんばんは。久しぶりですね、僕に会えなくてさみしかったですか?」

にこりと笑った三上に軽薄な言葉を吐かれて、は、と短く鼻で笑う。促される前に向かいへ腰かけ、ホールスタッフにブラックルシアンを頼んでから声を返した。

「さみしくて泣き暮らしていたよ、と答えればおまえは信じるのか?」

「耳を疑いますかね」

「そうだろうなあ。おれだっておれの精神を疑う。別にさみしくねえよ、そんな思いにふけるほど暇じゃない」

あの夜三上は唇の端に血を滲ませていたがすっかり治ったらしい。気味が悪いほどに整った顔には傷あとも見つけられなかった。それに少しほっとし、ほっとした自分にげんなりする。

会話のあいだにさりげなくテーブルへ置かれたグラスを傾けた。カクテルなんてものは滅多に飲まないからかそれなりに旨く感じた。

しかし記憶にあるより甘いような気がする。バーの雰囲気のせいか、それとも三上が目の前にいるせいか。

「柊さん、もう大丈夫なんですか？　平気で歩いてますけど」

三上はカウンターの方向に目をやり、血のように赤い酒をひとくち飲んで言った。ロングカクテルだ。ブラッディメアリーかとは思ったが特には問わなかった。

「大丈夫だよ。ほんとうにかすっただけだし、柊は機械みたいに強いからな」

三上の言葉に答え、手持ち無沙汰で意味もなくグラスの縁を撫でる。こんな場所で棒付きキャンディを咥えるわけにもいかないだろう。

それを察したのか彼は洒落た仕草でホールスタッフを呼び、朝木の意見は聞かず生ハムサラダを頼んだ。

気がきく。嫌味なくらいだなと思い、なんだか尻のすわりが悪くなった。

「助かりました、と柊さんにお礼を伝えてください。雪野さんを押さえるどころかまともに顔も見ないまま撃たれて死ぬところでした」

涼しげな三上の声に淡々と返した。

「一応伝えはするが、柊が理解するかは知らねえよ。自分の仕事をしただけだと言うんじゃないか」

「まあ、そういうひとなんでしょうね。他のものには目もくれずあなたに従い守る姿を見ていると、ちょっと嫉妬《しっと》します。僕よりあなたに近いから」

「残念だ。おれもおまえがなにを言ってるんだか理解できない」

わざとらしくにっこりと笑ってみせた。この男が会話の隙に妙な口説き文句を食い込ませてくるようになったのはいつからだろう。

たちが悪いと思う。同時に、落ち着かなくなる。

運ばれてきた生ハムサラダへ雑にフォークを突き刺しながらさっさと話題を変えた。

「それで、雪野はどうなった？」

サラダはやはり朝木のためだけのオーダーだったらしい。三上は手を伸ばす様子もなく酒をひとくち飲んで答えた。

「殺人まで行ってしまうとさすがに逮捕ですよ、もみ消せません。警察組織としては大きな事件にするつもりはないようですけど。動機についても歪曲されて伝えられるでしょう。卑劣な暴力団員をやむをえず殺害した警察官とかなんとか」

「おまえはそれで満足か？」

「どうでしょうね。あなたは？」

「そうだな。満足も不満もないが、ただ、墓参りをする件数が増えちまったな」

口に運んだサラダを飲み込んで答える。普段は和食が多いので久々に食べる生ハムは、塩気がきいていてなかなか旨かった。

三上は朝木の言葉にしばらく黙った。それから優しい声で「あなたは佐久間が好きだったんですね」と言った。

つい皿から視線を上げる。三上の胡桃色の瞳が今夜はいやに澄んでいるように見えて、どきりとした。いつでもすかした、正体の知れない目付きをしているくせにいまそれは狡いと思う。

もうひとくち、あえて大雑把にサラダを食べてから答えた。

「そうかもしれねえなあ。おれには佐久間のこころが結局はわからないままだったが、佐久間がどういう生きかたをしていたかはなんとなくわかる。仕事上での意見は合わなくても、ああいうやつは好きかもな」

「今後、佐久間がやってた仕事はどうするんですか？」

「しばらく補佐の藤井に任せる。どんな仕事だって、いきなりじゃあ今日でやめますってわけにはいかねえよ。吉井会のじいさんどもを使って、まあ徐々に他の稼業へシフトしていくさ」

三上は、なるほど、というように頷いた。その仕草からだけでは、組対として把握しておきたいのか個人的に知りたかったのかはわからない。

「おまえは雪野が好きだったか？」

少し考えてから、こちらも振られたのだからと話題を戻すと三上は特に表情も変えず言った。

「嫌いではありません。でも僕は、同情でひとを許すほど優しくありません。罪は罪、逸脱は逸脱です」

清廉な男はやはり甘くはない。

いったんフォークを手放してグラスを傾けながら問うた。

「で？　またもや仲間を取っ捕まえちまった厄介者は、このあとどうなるんだ？　所轄の組対からも追っ払われるか」

「さあね。次に飛ばされるとしたら田舎の交番かな？」

三上は他人事のように答えた。いつかの言葉通り、彼は自身が正義を守る警察官であれば居場所はどこでもいいのだろう。

朝木に合わせてグラスを口に運んだ三上は、そこでふと声を変えて言った。

「同情で許すほど優しくない、ですけど、僕はちょっとだけ雪野さんの気持ちがわかりましたよ」

そのセリフに少々驚いた。つい真意を問う眼差しで見つめると、三上はちらとカウンターに座る柊の方向へ目をやって答えた。

「僕が朝木さんをかばって怪我をすればよかったです。そうすれば恩が売れたのに。責任感の強いあなたは僕から離れられなくなります」

一瞬戸惑ってから、打ち消すように軽く笑って返した。

「そして癒着のはじまりか」

「恋に落ちるのは癒着ですか？」

しかし平然とそんな言葉を告げられてますます戸惑った。この男はなにを考えているのだろう、ついまじまじと見つめてしまう。

三上はその朝木ににこりと笑ってみせた。品のよさはそのままだが、いつものようにそれを盾にはしていない表情だった。

「他人に渡したくない。雪野さんの願いが僕いま少しわかります。誰にでも手を出す面倒な男を自分のものにしてしまいたい、そんな気持ちが、わかります」

「……そして狂ってしまいたいって？」

「僕は狂いません。ただこう祈ります。あなたが安らぐ場所は僕の隣であればいい」

面と向かって妙に情熱的なセリフを吐かれ、正直相当動揺はした。セックスに誘い誘われはしても、いままでこんなふうに颯爽《さっそう》と口説かれたことはない。

全身の肌が痒《かゆ》くなるような知らない感覚に襲われ困りはてる。だが、それをおもてに出すわけにもいかず、やる気のない欠伸を零してごまかした。おまえがいなくてもおれは充分安らいでいる、などと言い返しても無駄なのだろう。

一筋縄ではいかない厄介者は正体を覗けばただほんとうに綺麗で、純粋なのかもしれない。だから嘘も飾りもない言葉を平気で口に出せるのかもしれない。

この男はきっと修羅場を幾度も見てきたのだ。殴り殴られ歩いてきたのだ。それでも決して汚れない、綺麗なままだ。

声にして答えられない朝木に三上はくすりと笑った。それから不意にテーブルの下で、露骨に脚を絡ませてきた。

「……おまえなあ」

思わずひくりと喉を引きつらせてから、しっかり睨みつけた。脚を蹴りつけてやりたくても器用に躱され、さらにぴったりと密着されて顔が歪む。

スーツの生地越しに伝わる体温に、ふと、まざまざと幾度かの行為の記憶が蘇った。彼の前にひざまずいて唇を使った。屋敷の寝室で丁寧に貫かれた。それから、声だけで昂ぶらされひとりてのひらを濡らした。

「ねえ、興奮してきましたか。あなたいま思い出しているでしょう？　あのときのこと、あのときのこと、それからあのときのこと？」

その朝木の脳裏を見透かしたかのように三上は小さく囁いた。ついひとつ舌打ちをして文句をつける。

「上品なツラして下品な男だな。こんなところで馬鹿なのか？」

「こんなところじゃなければいいんですか？」

三上はスーツに右手を差し入れ、それからその手を肩の高さに上げた。気障ったらしい仕草で彼が取り出したのは二枚のカードキーだった。

「部屋、取ってますから。あ、柊さんの分も隣に」

呆れるというより少々おかしくなり笑ってしまった。この男のやりかたはスマートなのだか、けちな芝居みたいで気恥ずかしいのかわからない。

酒とサラダを片付けてから代金は部屋につけて三人でバーを出た。特になにを喋ることもなくエレベーターに乗り、カーペットの敷きつめられた廊下を踏んで部屋へ向かう。

柊は無言のまま三上からカードキーを受け取りあっさりドアの向こうに消えた。ふたりきりになった廊下でそれでも少しためらっていると、三上に手首を摑まれ部屋に引っぱり込まれた。

珍しいくらい強引な態度にびっくりする。ドアを閉めるなりいきなり抱きしめられて、ますます驚いた。

「僕はね、思い出してましたよ。思い出して、興奮してました」

耳元に囁かれてぞくりとする。突然の抱擁に強張った身体からは、なかなか力が抜けてくれなかった。まるでうぶな小娘にでもなってしまったかのような自分の反応に、腹が立ってもどうにもならない。

三上は察していただろう。それでも腕を解かぬまま続けた。

「孤独も息苦しさも全部忘れてあなたはとても気持ちがよさそうだった。僕の手で、声で。それを毎夜のように思い出してました。いまもです。すごく嬉しかったから」

「なにが嬉しいってんだよ……」

「あなたの正体を、僕が暴いていることが」

そっと解放されてにこりと微笑まれた。それはそれは美しい笑みでつい見蕩れる。とはいえ同じ表情を返すこともできずに視線を部屋の中へふらふら逃がした。

馬鹿みたいに広い一室だった。リビングも、ドアのないベッドルームも相当面積がある。奥に覗くバスルームも似たように贅沢な造りなのだろう。

いかにも値が張りそうな家具を意味もなく眺めていると、今度は手首を摑まれた。そのままベッドルームの方向へ引きずられ、その三上らしくない急いた行動に少し焦る。

「おい……。ちょっとは余裕ねえのかよ。シャワーくらい」

「余裕ないです、ごめんなさい。だってずっとあなたが欲しかったんですよ？　欲しくてひとりで何度もしました。ほら僕あなたより若いですから」

「ひとこと多いんだよ、ガキ」

憎まれ口を叩きはしたが三上のセリフにぞくりとしたのは事実だった。この男は自分をネタに幾度もマスターベーションにふけったのか。その姿を想像すると、認めたくはないがそれこそ自分も思春期のガキみたいに興奮する。

三上は朝木をベッドルームに引っぱり込み、そこでようやく手を離した。彼がスーツから取り出し枕元に投げた使いきりのローションを見てぴくりと肩が揺れる。普通はこんなものを持ち歩きはしないと思う。

「ね？　僕がどれだけあなたを欲しているかわかりました？」

動揺を示した朝木に三上はくすくすと笑った。おまえは猿かとでも言ってせせら笑うべきは自分なのだろうが、そんな余裕はどこかへ逃げていた。

二の腕のあたりを摑まれ身体の向きを変えさせられる。真正面から見つめた三上の、胡桃色の瞳はいま確かに欲を宿していた。

「脱ぐ？　脱がせてほしいですか？　ああ、相手が脱ぐ姿を眺めるのが好きなんでしたっけ。いいですね、僕も見たいです」

顔を覗き込むように告げられごくりと喉が鳴る。三上と寝た夜にそんなセリフで挑発したのは確かに自分だ。いまさら、やっぱりおまえが脱がせてくれと要求するのもおかしいだろう。

「おまえ、ひとが変わってないか？」

「変わってないですよ？　正直になってるだけ」

内緒話でもするようにこそこそと訴えた言葉へ、三上は楽しそうに答えた。そう言われてしまえばこれ以上は突っ込めない。

照明は落とさないまま、まずスーツから取り出したいくつもの飴を枕元のチェストへ放った。

次に、雑にジャケットを脱いでこれは窓際のひとりがけソファへ投げた。

せめてこんな行為はなんでもないことだと仕草で示したかったが、その嘘は嘘だと見抜かれていただろう。

ネクタイを抜く。シャツのボタンを外す。どうしても指先が緊張する。

三上は少しのあいだじっと朝木の姿を眺め、それから自身もゆっくりとスーツを脱いだ。まるで見せつけるように綺麗な所作はわざとなのか、単にしみついた上品さなのかはわからない。

視線を絡ませて互いに素肌を晒しあった。いつもであればにやにや笑って相手をあおれるはずなのに、なぜかできなかった。隠さず欲望を伝えてくる三上の視線で逆にあおられる。

「また押し倒されたい？　それとも誘いますか？」

靴も靴下も脱ぎ、ふたり全裸になったところでいたずらに問われた。悔し紛れにひとつ舌打ちをしてからスプリングのきいたベッドに乗る。

情けないくらいにばくばくと心臓が高鳴っていた。どうして普段通りに振る舞えないのかとその自分に苛立つ。

相手がこいつであるからだ、そんなことは知っていた。だが、だからといってこうも緊張する理由はすっきり整理できない。

あのとき地下の倉庫で雪野は、はまった、という言葉を使った。

自分も三上にはまってしまったのだろうか、それは惚れたということか。巧く回転してくれない思考を持て余しながらも考える。

意味深な、こころを刺すみたいなセリフを幾度か吹き込まれた。優しく抱かれた、電話越しにもだ。そんなことで、三上の言葉を借りるのならば恋に落ちるのか？

「……志津香。さっさと来い。おれを抱けよ、やりてえんだろ？」

シーツの上へ仰向けに横たわり指先で三上を呼ぶ。少しは余裕を見せたかったのに、にっと笑う三上のほうがどう評価しても優位だ。

三上は焦らさず朝木に覆いかぶさりしばらく表情を眺めてから、唇へくちづけを落としてきた。この男にこんな行為をしかけられたことはない。思わず目を見開くと三上と視線が嚙みあった。

欲しい、と眼差しで伝えられて頭の中が熱くなるようだった。

「ふ……」

目を合わせていることができずに瞼を伏せる。唇を重ねあうだけの焦れったいキスに、早く舌が欲しいと微かに口を開けてもなかなか与えられない。

仄かなボディソープのにおいを感じながら数分は我慢したと思う。それから、結局は待ちきれずに自分から舌を差し出した。

「ん……っ、ん……、はっ」

三上はすぐに舌を強く吸いあげてくれた。ようやくはっきりと濡れた粘膜が接触し喉の奥で呻く。

自分がはしたなく欲しがるのをこいつこそが待っていたのだ。そう思ったらあっというまに身体へ火が回った。

羞恥だろうか。それとも三上にこうして扱われるのは嬉しいか。

「いやらしい顔。キスが好きなんですね？　可愛いです」

一度唇を離して低く囁いた三上に、たまらずねだった。

「おまえ、の、舌……っ、おれの口に、入れてくれよ。舐め回して」

「僕の舌が欲しいんですか？　どこを、どれくらい舐め回して欲しいんですか？」

「どこでも、いいから……、たくさん、舐めて……っ」

「いいですよ。たくさん舐めてあげます」

三上は吐息で笑ってから求めた通り舌を挿し入れてきた。ぬるりと口蓋に舌先が這ってぞくぞくと鳥肌が立つ。

すでに反応しはじめていた性器がじわりと硬さを増すのが自分でわかった。三上の脚に触れている。それを知ってはいても、もう発情を隠すことはできなかったし隠そうとも思えなくなっていた。

歯茎だとか舌の裏だとかをじっくりと舐められて、くらくらと目が回った。ぴちゃぴちゃとあからさまに鳴る音にさえ興奮する。

「あ、は……っ、唾液、おまえの」

試すように少し離された唇の隙間へ訴えた。三上は目を細め満足そうに笑った。

「唾液？　僕の唾液が、なに？」

「飲みたい、から……っ、意地の悪い、ことを、するな……。飲ませて」

「あなた僕をあおるのが上手ですね。わかりました。好きなだけ、飲んで」

すぐにまた唇が重なってきた。ぬめる舌を絡ませてから唾液を流し込まれ、飢えた動物のように喉を鳴らして必死に飲み込む。

口移しで欲情の蜜を注がれているみたいだった。いま自分は内側からも三上に犯されている、そんなことを思ったらもう止まらなくなった。

唾液を啜り、舌を噛みあうくちづけに理性も忘れて酔う。長い時間をかけて貪り、ようやく解放された唇でたどたどしく告げた。

「はぁ……っ、駄目だ。おれ、いまおかしい」

くすりと笑う声が聞こえ、瞼に音を立てて優しくキスされる。つられてそっと目を開けると、じっと朝木を見下ろしている三上と目が合った。

その視線に三上の熱を認めて肌が粟立つ。屋敷でセックスをしたときには、彼はここまであからさまな眼差しは明かさなかった。

この瞬間に自分は三上の素を、知りたかった生身の姿を見ている。

「いいですね？　ふたりでおかしくなっちゃいましょうか」

「あ、あ……！　だ、からっ、駄目だ……っ」

鎖骨に、胸骨の上に軽くキスをしてから三上は乳首に舌を這わせてきた。唇で散々味わった生あたたかい感触に敏感な部分を舐めあげられてぞくぞくと熱がこみあげる。

髪を摑んで引きはがそうとしても三上は許してくれなかった。勝手に尖る乳首にきつく歯を立てられ、抑え込めない波にさらわれる。

「あぁ……ッ！　も、あ……！」

「ああ。ほんとうにあなた、いまぎりぎりなんだ。これだけでいけるんですね、いやらしくて可愛いです」

小さな、射精を伴わない絶頂にびくびくと震える朝木を見て三上はにっと笑った。薄く開けた目に映るその表情のほうがよほどいやらしいと思う。

「ん、は……っ、一度、はな、せ……っ。こんなの、もたない」

「大丈夫ですよ。あなたが飛んだら僕がむりやり引き戻しますから」

はあはあと呼吸を乱しながら訴えても三上は乳首への愛撫をやめようとしなかった。しつこいくらいに嚙みしだかれて幾度か愉悦にのみ込まれ息を詰める。

あっというまに頭の中はちりぢりに乱れた。きわどいセックスなんていくらもしてきたはずなのに、こんな嵐みたいに身体のうちで吹き荒れる快楽は知らなかった。

三上は好きなだけ乳首を味わってからようやく身を起こした。さあ次です、と目付きで促される。

習慣のようにのろのろとうつぶせになろうとすると、しかし彼はそこで朝木の肩に軽く手を置いた。

「今夜は顔が見たいからこのまま。脚を開いて、自分で押さえてください。僕に見せて？　広げてあげますよ」

その言葉に、熱で半ば麻痺《まひ》していた思考がはっと蘇った。途端にくらりと目眩《めまい》に襲われる。

確かに慣れている。慣れてはいるが、この男が相手というのには慣れていない。

三上はそこで腹が立つほど綺麗に微笑んで「早く」と朝木に指示をした。ここまで追いつめられてしまえばいまさら抗えない。

強張る脚を曲げて自分で抱え、押し寄せてくる羞恥に耐えた。どうして自分がここまで興奮しているのかも、もうよくわからなかった。

「恥ずかしいんですか？　肌が赤く染まってる。美しいです。ねえ、僕はあなたの身体をもう知ってますよ？　恥ずかしい？」

「うる、さい……っ。恥ずかしく、ない。さっさと、やれ」

「じゃあもっと脚を開いてください。もっと。恥ずかしくないんだからできますよね？」

楽しそうに言いつけられて唸りながら従った。歪む顔を、性器から尻をじっくりと視線でなぞられて息が上がる。

欲情も快感も羞恥も、すべての感覚を掻きむしられるようだった。いままでにこんなセックスをしたことはない。

三上はてのひらであたためたローションを丁寧にその場所へ塗り込めた。焦らさず指をゆっくりと挿し入れられてびくりと身体が揺れる。

「あっ、あ……っ、ゆび、入ってる」

無自覚にきゅうきゅうと締めつけたら、それを散らすようにやや強引な手付きで入り口を解された。そのまま前立腺を緩く押し撫でられて思わず高い声を洩らす。

「んっ、はぁっ！　や、め……っ、そこ、駄目だ……！」

首を左右に振って興奮を逃がそうとする朝木を見つめ、三上は甘ったるく囁いた。

「駄目？　駄目じゃないですよね？　あなたはここが好きです、もう覚えました。ねえ、ほんとうに駄目なんですか？　やめてほしい？」

「そ、じゃない……っ、がまん、できなくなる、から……っ、すぐ、欲しくなるから」

「欲しがればいいでしょ。広げたらちゃんと僕のペニスを入れてあげます。心配しないで欲しがってください」

三上はうっとりと笑い、さらに確信めいた動きで弱点を刺激した。確かにこの男は一度の行為で自分の身体をきっちり覚えてしまった。憎たらしいとは思うのに身体は従順に開いていく。

二本の指を押し入れられたときにはまともに呼吸もできなくなっていた。ぐちゅぐちゅと音を立てて出し入れされ、次の波にのまれて身体が硬直する。

「ああ……っ、あ、あッ、がまん、できない……っ。志津香っ」

抱えた脚に指先を食い込ませて哀願したら、三上はまたやわらかく目を細めた。まるで愛おしいものを見るような瞳の色にますます昂ぶっていく。

「もう少し広げないと朝木さんがきついですよ？　ねえ、あなたすごくいい顔しますね、色っぽいです。ペニスも濡れてぴくぴくしてます。気持ちいいんだ？」

「は、気持ち、いい……っ、早く、欲しい……っ」

「我慢してください。欲しがって、欲しがって、限界まで我慢して、そうしたらもっと気持ちよくなれますよ」

三上はもどかしいくらいにたっぷりと時間をかけて中を慣らした。内壁を探るように指先でまさぐられ、それをくり返されて頭の中がちかちかしてくる。

喘ぐ声も切れ切れになるころに、三上はようやくぬるりと指を抜いた。いつのまにかきつく閉じていた瞼を上げると彼はぎらぎらと光る目で朝木を見つめていた。

思わず熱い吐息を零す。この男はいまオスだ、この男はいま自分を欲している。そんなことを思ったら身体が馬鹿みたいに熱くなった。

「あぁ、欲し、い……、志津香、欲しい……っ」

震える声で求めると、三上も同じように、は、と短く息を吐いてから覆いかぶさってきた。

「僕も欲しいです。そのまま、脚を押さえていて。入ります。もう優しくする余裕ないです」

「ひ、あッ！　ああ、むり……ッ、あ……！」

あの夜とは違い、三上は一気にすべてを突き立ててきた。いきなり奥まで開かれる衝撃に悲鳴が散る。

さざ波のような愉悦に揺られていた身体はあっけなく完全な絶頂に達した。射精もできないまま、がくがくと震え、無自覚に三上の性器を絞りあげる。

あまりの快楽に目を閉じることさえできなかった。それでも一瞬視界は真っ白になった。身体に充ちる息苦しいまでの恍惚を逃したくても、ぎっちり埋め込まれたままではかなわない。

「ああ、あなたの中、ぎゅうぎゅう僕に食らいついてる。入れただけでいっちゃいましたね」

囁かれる声は甘さの中に僅かな獰猛《どうもう》さを秘めていた。潤む目で見つめた顔も同様だ。それにさらなる興奮を覚える。

もう自分がなんの要因で追いつめられているのか判断できなかった。埋め込まれる感覚？　聞こえる声？　目に映る表情？　そのすべて？　三上、という存在自体に溺れているようだ、巧く働かない頭でそんなことを思う。

三上はずっぷりと侵入した位置で少し待ったが、それからすぐに腰を使いはじめた。力を抜けない朝木の様子を見て取り、待つだけ無駄だと判断したのだろう。

「さあ、動きますからたくさん感じて。他の誰でもなく僕を、感じてください。ごめんなさい、僕いま飢えてるから乱暴かもしれない」

「や……っ、ああ!　あっ、あ、も……、また、いっちまう……っ」

「いってください。あなたがいくと僕も気持ちいい。朝木さん、いって」

最初から、荒っぽく奥を突かれて続けざまの高波に襲われた。身体のみならず精神まで翻弄され、どうやってそれに抗えばいいのかもわからない。

性器が深く沈むたびに、ぬちゅ、ずちゅ、といやらしい音が洩れた。それに、いま自分はこの男に食われているのだと知らしめられる。

このままほんとうに嚙み砕かれて彼とひとつになってしまえたら、どんな感じがするのだろう。

「あぁ、んぅ、あ……、とまら、ない……っ、へんだ」

掠れた声を洩らす唇の端からだらしなく唾液が頰へ伝った。腰のあたりから身体中に広がっていく痙攣は意思で抑えられるものではない。

三上は朝木の言葉に、ふっと笑った。見たこともない、餌を前にした肉食動物みたいな野性の表情だった。

「あなたずっといきっぱなしです。そんなにいい?」

その表情通りの声で囁かれ、必死に頷いて返した。

「いい……っ。こんなに、気持ちいいのは、知らない……っ。は、もう……、おまえ、だけ」

「それはね、あなたがいま僕にすべてを委ねているからです。あなたが僕を許して、受け入れて、あなたを手放しているからです」

「わから、ない……、知らない、からっ」

見開いたままの目からはらはらと涙が零れ落ちた。三上の言葉がなかなか理解できない自分がもどかしかった。

すべてを委ねている。そうなのだろうか。自分はこの男に、自分を明け渡しているということか。

「あなたのリミッター、壊れちゃいましたね。たまらないです」

熱をはらむ口調で告げられて恐怖のようなものを覚えた。壊れたと教えられればその通りいま自分は壊れている。疑いも抱けずに三上の言葉を信じ込む。

「しづ、か……っ、怖い。怖い」

戦慄《おのの》く唇で訴えたら、三上にあっさり退けられた。

「怖くない。僕を信じて。いきつくところまでいってください」

「はぁ、ああ……ッ、もう、これ以上、いけない……っ」

「大丈夫です。いけますよ。僕の前であなたを解放して。もっと」

ぐちゅ、と奥まで埋めながら三上は幼子をあやすように言った。引きずられるみたいにもう何度目かもわからない絶頂にのまれ歯を食いしばる。

むりだ、駄目だ、いくらくり返しても三上は動きを止めなかった。がたがたと震える身体が痛くなるようで小さく身じろいでも、構わず朝木を揺さぶり続ける。

彼がようやく律動を緩めたのは、朝木がこらえることもできずに啜り泣きはじめたころだった。

「許せ……、もう、許し、て」

快感に翻弄され薄れかけた意識でなんとか声にした。三上はそこでふわりといやに優しく笑って、汗に濡れる朝木の黒髪を指先で撫でた。

「可愛いですね。わかりました、許します。僕が脚を支えてあげるから自分で擦ってください。出してしまったほうが楽でしょう?」

ぐっと脚を押さえ込まれ、言われるままに自分の性器を扱く。まともに力の入らない、ぎこちない手付きでも、すでに濡れきっていたそれはあっというまに熱を放った。

「は、あ……ッ、あぁ、あッ」

「僕も出していいですか。出してほしい?」

身体の中へ充満していた愉悦が解放される感覚に細く喘ぐと、それを認めた三上が囁いた。びくびく痙攣しながら、掠れてもう音にもならないような声でなんとか返す。

「出して、ほしい……っ」

「中に出してもいいんですよね? 中に、出してほしいんですよね?」

「中、に、出せ」

「これであなた僕のものになる?」

言葉の意味もよくわからないままひとつ頷いた。三上は実に美しく笑い、最後に思いきり深く貫いてそこで射精した。

脈打つ性器にどくどくと注ぎ込まれて身体が蕩《とろ》けてしまいそうだった。震える吐息が勝手に唇から零れていく。

ひとつになってしまったのかもしれない、遠のきたがる意識をつなぎとめてそう思った。許して、受け入れて、恍惚を分けあって、いまこのひとときに自分は三上とひとつだ。

三上は揺すりあげるように腰を使い精液を出しきってしまうと、ゆっくり性器を抜いた。両脚からそっと手を離され、ぐったりとシーツの上で脱力する。

呼吸はしばらくはあはあと乱れたままだった。いたわるように髪を撫でる三上の手が心地よいと単純に思う。

熱を持った頭と身体がいくらか落ち着くのを待ち、適当に拭いた右手をのろのろと上げた。

「飴」

ベッドに腰かけていた三上は小さく笑った。スーツを脱ぐ際に朝木が投げた飴をチェストからひとつ取りあげ、パッケージを破り自身の口に放り込む。

覆いかぶさってきた彼に唇を合わされた。そのまま飴を口移しで与えられ表情に困る。

相手が他の人間であれば気持ち悪いだとか不気味だとか悪態のひとつも吐けたろう。事後に優しく扱われるのは趣味でないし慣れてもいない。

だが、三上との甘ったるいキスは悪くなかった。いたずらに軽く舌を挿し込まれて、もう自分がなにを舐めているのだかよくわからなくなる。

三上が選んだ飴はメロン味だった。あまり好きではなかったはずなのに妙に旨く感じられた。

「僕もひとつもらっていいですか？」

唇を離した三上が、もう一個飴をチェストから指先で摘まみあげて問うた。口の中で飴を転がしながら掠れた声で答える。

「勝手に食えよ。おまえ飴が好きなのか？　似合わねえな」

「実は僕いま、人生三度目の禁煙中なんです。暑いとか寒いとか痛いとか苦しいとかは平気なんですが、どうしてもニコチンの誘惑には抗えないです。でも、あなたに負けないように今度はがんばりますね。だからキャンディくらい食べてもいいでしょ？　言っておきますけど、あなたのほうが似合いませんよ」

なんだか知らないが完全に手足から力が抜けてしまった。まだこの男の正体を見切っていないのか、そう思うと悔しいようなぞくぞくするような気分になる。

こうなったら底の底まで探ってやりたい。どこまで手を差し入れれば泥に触れるのか、それともこの男にはやはり泥などないのだろうか。

「ねえ朝木さん。もっとしたいです」

しばらく黙ったままふたりで飴を舐め、完全に溶けて口から消えたころに三上が言った。内容に相応しくない爽やかな声に半ば呆れる。

「おれを殺す気か……」

「殺しませんよ。でも、もう死んじゃうって言わせてはみたいですね」

「……おれはひとつわかったぜ。おまえは多分、馬鹿だな」

うんざり口に出すと、その唇にねっとりとキスをされた。甘い飴の味がするくちづけは、悪くない、とまた思う。

そのまま再度組み敷かれ押しのける手を上げかけたが、諦めてシーツに落とした。抗ってみてもこの男はやめはしないのだろう。

なぜなら自分が本気ではいやがっていないからだ。

今度はくすぐったいくらい慎重に三上は肌を舐めた。飢えを充たしたあとのセックスは純粋に愛情を交換する行為なのだろうか、考えるともなく考えながら身を任せる。

ふと、工場の地下倉庫で聞いた雪野の声を思い出した。

佐久間を自分だけのものにしたかったと彼は言った。

三上が告げたように、確かに少しは雪野の気持ちがわかるかもしれないと思った。誰かを手に入れたいという願望はひどく身勝手で切実で、ともすれば暴走してしまうものなのだろう。

いま自分の身体に触れているこの男を知りたい、すべてを明かしてほしい。

自分だけのものにしてしまいたい。

それはもうごまかせないくらいに強い欲だった。降りかかるキスに吐息を洩らしてそっと目を閉じる。

自分もいつのまにか、ただひとりの人間にはまっていたのだ。そう認めざるをえなかった。


翌朝、携帯電話の鳴る音で目が覚めた。

寝起きの頭では、いま自分がどこにいるのだか咄嗟にはわからなかった。もぞもぞと身じろぎ、全身の怠さを自覚してようやくはっきりと思い出す。三上と散々絡まりあってそれからふらふらシャワーを浴びて、ふたりでベッドに潜り込んだ。そのあとの記憶はぷつりと切れているから潜り込むなり眠ってしまったのだろう。

隣で寝ていた三上が、うう、だか、ああ、だか低く唸りながら身を起こすのがわかった。いつでも冴えているこの男は朝に弱いのだろうか、また新たな発見をしてなぜかぞくりとする。

三上がいかにもうっとうしそうに自己主張を続ける携帯電話へ手を伸ばした。液晶を見て、軽く舌打ちをする。

少々驚いてしまった。いつでもお上品でスマートな男でも舌打ちなんてするのか。これもはじめて聞いたと思いそわそわした。

「三上です。おはようございます」

携帯電話を耳に当てた三上の声は、気怠げな態度が嘘のように爽やかだった。いつもの彼だ。

バスローブ一枚でだらしなく寝そべったまま、音には出さず朝木はつい笑った。

得体の知れないお綺麗な男はなかなか手強いらしい。雅やかな笑顔の裏にある正体はまったく見えづらい。だが、少なくともいまこのときの彼は素なのだろう。

はいとか、いいえとか、しばらく回線の向こうと会話していた三上は、最後に「わかりました」と締めて通話を切った。それから携帯電話をチェストに放り、さもいやそうにベッドを下りる。

「署から呼び出しです。ああもう、日曜日だからゆっくりできると思ったのに。あなたと一緒に食事をしたりドライブしたり公園で遊んだり」

スーツ姿の男がふたり冬の公園で砂山を作っていたら、さぞかし不気味だろうとは思ったが、口には出さなかった。

三上はベッドのすぐ横でバスローブを脱いだ。全裸を晒すことには、いまさらためらいもないようだ。というよりこの男は最初からそんなものは見せなかった。

ベッドルームにはカーテンの隙間から朝の陽がさし込んでいる。その優しい光の中で見る三上はとても美しかった。確かにこの身体であれば見せつけることはあれ恥じることはないかとなんとなく考える。

「放っておけばいいんじゃねえの」

同じように身を起こしふわふわと欠伸を零しながら言った。昨夜好き放題に喘ぎ散らしたせいで声はひどく嗄れていたが、構うものかと開き直る。

三上から目を移した時計は朝の八時を示していた。普段なら布団の中でだらだらしている時間だ。

ふたりでのんびり一日をすごす。もう少しまどろんで、そのあとルームサービスで朝食を摂って、その想像はひどく魅力的に思えた。

「いやだな。僕は警察官ですよ？　そういうわけにはいきません。呼ばれればすぐに駆けつけます」

ようやく覚醒したのかさっさと服を身につけながら三上は答えた。彼らしいセリフに再度やる気のない欠伸を洩らす。

「志津香ちゃんは真面目だねえ」

「いたって普通です。あなただって自分の仲間に助けを求められたらすぐに出向くでしょ。同じですよ」

そうかもしれないと納得させられたので、いたずらに引き止めるのはやめた。

ネクタイを締めスーツを着てしまえば三上はいつもの品よい男だった。こんなやつでもセックスのときにはオスの目をするのだ、荒っぽく獲物を食らうのだ。ふと昨夜の彼を思い出して朝木が無意識に眉を寄せると、見透かしたように三上が笑った。

甘くていやらしいその表情はもう知っている。これでもかというほど見せつけられた。

「なんです？　そんな顔をして、なに考えてます？」

こいつはたちが悪い。うんざりと首を左右に振ってみせ言葉を返した。

「なんでもねえよ。さっさと行っちまえ、公僕」

「冷たいな。もっと名残惜《なごり》しそうにしてもいいんですよ。そういういつものお偉そうな朝木さんもいいですけど、僕は素直なあなたも好きです」

「おまえは気取ってるんだか軽薄なんだかわからないな。お偉そうと言うならおまえだって充分お偉そうだぜ」

チェストの上からメロン味の飴をひとつ摑んだ。好きですというひとことに感じた動揺は、その飴を口に放り込む仕草でごまかす。

察しはしたのだろうが三上はそれ以上追及しなかった。携帯電話をスーツにしまい、あっさりと朝木に背を向ける。

目覚めた朝にうっとうしくべたべたされるよりはよほどいい。とはいえ淡白すぎないか。面白くない、そこまで思ってげんなり頭から追い出した。一緒にこみあげてきた、離れたくない、という身に迫る感情ももちろん却下する。

飴を口の中で転がしながらベッドを下り、スリッパを引っかけて三上のあとについていった。三上はベッドルームを出たあたりで、「ああそうだ」と思い出したように言い朝木を振り返った。

もう見慣れたはずなのに、怖いくらい整った顔を見てついどきりとする。

「あなた柊さんとそのまま出ていってください。僕お金払っていくので」

この際どうでもいいようなことを指示され、なんだか笑ってしまった。

「いいよ。おまえこそそのまま出ていけよ、どう考えたっておれのほうが金持ちだ」

「駄目です。こういうときにヤクザの金を使わせるわけにはいきません。恋のはじまりが癒着のはじまりになっちゃいますから」

「……ほんとうにおまえは真面目だなあ」

呆れ半分、感心半分で頷いて返した。この男のこういうところは憎めないと思う。

すぐに身体の向きを戻し三上はすたすたと歩いた。のんびりそれを追いながら、爪あとでもつけてやればよかったかと長身の背を眺め考える。

ちくりと痛みを感じるたびに自分のことを脳裏に描き欲情する三上という図は、なかなかに愉快だ。

そのままさっさと部屋を出ていくのかと思ったが、三上はしかしドアの前でもう一度振り向いた。思わず一歩引こうとすると片手で優しく髪を摑まれる。

抗う前に触れるだけの軽いキスをされた。

「またデートしましょうね」

慣れないやわらかなくちづけと、慣れない言葉をためらいなく与えられて戸惑う。

「……これはデートなのか？」

「そうですよ。ふたりで愛を確かめあいました。デートでしょう？」

つい零した色気もなにもない問いに平然と返され、飴をがりがりと噛み砕いた。勝手に顔が紅潮していくのが自分でもわかった。他人の感触を知らない少女みたいな反応が情けないとは思ってもどうにもならない。

いままで誰かに、こんなふうに言われたことはない。この男のこういうところは、憎たらしい。

三上は朝木の髪から指を離し、にこりと笑った。片手で電話をかける仕草をして「また連絡します」と言い残しドアの向こうに消えていく。

ゆっくりと閉じたドアをしばらく見つめてしまってから、やれやれと両手を上げのびをしてベッドルームへ戻った。バスローブ姿のままひとり窓際に立つ。

カーテンを開けると窓の外は昨日と打って変わって快晴だった。

青い空を眺め、眼下に広がる街を見た。夜のうちに積もった雪が朝の陽を跳ね返し眩しい。

なぜかふと、知らないよろこびが足元からこみあげてきて困った。身体は無茶な行為のせいで重いのに、こころがひどく充ちている。その感覚はどこか怖くて、認めてしまうならばどこか嬉しいものだった。

つい最近であるはずなのに、自分を見下ろして三上が、さみしいです、と呟いた日が遠く思える。

いま自分は安堵している。これは、あの男が教えてくれた休息のひとときなのだろう。

きらきらときらめく景色を見つめてひとつ深呼吸をした。雪降る夜も綺麗だが、美しく晴れた静かの朝もいいと思う。

CROSS NOVELS

どうすればこの男を自分だけのものにできるのだろう。

誰といてもなにをしていても、ずっとそんなことばかりを考えている。

夕方からちらつきはじめた一月の雪は、深夜になってもまだ降り続いていた。男は全裸のままベッドに横たわりこちらへ背を向けて、カーテンの隙間から舞い散る雪を眺めている。

肩から腰までを埋める和彫りの刺青《いれずみ》が目に映り、ぞくりとした。つい先ほどまで貪っていた快感が皮膚の内側に蘇る。

もうこんなものは見慣れている。色鮮やかに彩られた何人もの男の身体を見た。だが、深く貫かれその背に縋りつく相手はこの男だけだった。

太い蛇《へび》が自らの尾を噛む絵柄の意味はいつだったか教えられた。はじまりも終わりもない完全なものを、永遠を表している。男は確かそう言っていた。

ウロボロスの環は男によく似合っていると思う。

「雪の、いいにおいがする。雨よりも少し切ないにおいだ」

ふと男が呟いた。

言葉の意味を正確に理解することはできなかった。だが、切ないにおいというのはなんとなくわかるような気がした。

夜の雪はひどく幻想的で、こころが締めつけられるくらいに美しく、切ない。手を伸ばす端から解けてしまうそれは、まるでこの男のように摑み所がない。

「雪が好きなのか？」

背に問うと、男は振り向かずに短く答えた。

「好きだよ」

しくしくと胸が痛くなる。そんな簡単なひとことさえ決して自分に向けられることはない。

色にも恋にも興味などなかった。なのに、この男に抱かれてから自分はおかしくなったと思う。

この狂気にも似た感情をなんと名付ければいいのだろう。

狂気にも似た、ではないのか。ただの狂気か。

自分だけのものにしてしまいたいのだ。できることなら思考も感情も奪いたい。しかしそれはできない。

ならばどうする。

ためらいを感じなかったわけではない。

だが、もういまさらだ、こうするしかないのだと切り捨てた。バスローブを引っかけ部屋の隅に投げていた鞄に歩み寄り、小型のナイフをそっと取り出す。

「おれが憎いか、雪野《ゆきの》」

そこで不意に声をかけられびくりと身体が強張った。自分の行動はすべて夜の窓に映っているらしい。

「……佐久間《さくま》。おれはあんたが憎いんじゃない」

「じゃあその物騒なものはなんだ。金でも脅し取るのか？」

飄々とした男の態度になんだか泣きたくなった。理詰めで生きるこの男には自分の想いなど一生見えやしないのだろう。

「そうじゃない。おれはただ、あんたをおれのものにしたいだけだ」

しわがれた声で言うと、きっちりカーテンを閉めた男がベッドの上に身を起こし振り向いた。男くさく整った顔には動揺のひとつもない。

「おれはてっきり、おまえは仕事にしか興味がないんだと思っていたよ」

落ち着き払った調子で言われて勝手に眉が歪んだ。

「おれはいま、あんたのことしか考えてない」

「祥子をシャブ漬けにして売ったのは、おまえか。祥子だけじゃないな。おれが抱いた女はみな同じようにしていなくなった。おまえか？」

「そうだ。おれだよ」

糾弾するでもなく問われ低く答える。そこでいったん口を閉じても男はなにも言わず、真っ直ぐにこちらを見ているだけだった。

自分の鼓動が、窓の外に降る雪の音さえもが聞こえてくるような静寂が落ちる。しばらく黙って言葉を探し、巧いセリフも思いつかず結局はただ考えるままを声にした。

「……それでも気付くとあんたは新しい女を抱いてる。おれはあんたが他の誰かを抱いているんだと思うと狂いそうになる」

「おまえはもう、狂っているよ」

平然と告げられて「そうだろうな」と短く返した。なにを言おうとどんなに哀願しようとこの男は自分を理解しない、言葉は通じない。そんなことはもういやになるくらいにわかっている。肌に触れるようになってからの長い時間で思い知った。

ならばどうすればいいか。考えて考えて出た結論がこれならば、確かに自分は狂っているだろう。ナイフを手にゆっくりと歩み寄っても、男は逃げる様子も焦った様子も見せなかった。ベッドに腰かけ枕元から取りあげた煙草に火をつける、その仕草は普段とまったく変わらない。

「おれをどうしたいんだ?」

ふ、と紫煙《しえん》を吐いた男に淡々と訊かれて息苦しさを覚えた。どうしてここまで追いつめられてしまったのか、なぜこうなるのか。いまさら自分を呪っても、すべてをなかったことにはできない。

「ここで刺し殺す。そうすればあんたはおれだけのものになる」

低い声で、はっきりと殺意を示した。本気であることは伝わったはずなのに、やはり男の冷静さは崩れない。

「殺す、か。おれが欲しいなら、それよりもさらって閉じ込めておけばいいんじゃないか? そうすればおれは他の誰をも抱けない、おまえの独り占めだ。使い放題だぞ」

「そうしたってあんたのこころにおれは入れない。もうわかった。あんたはおれのことなんか見てない、これっぽっちも考えてない」

「どうだろうな?　おれは少なくとも、なんとも思っていない、見てもいなけりゃ考えてもいない男を抱くほど酔狂じゃないが」

男がさらりと口に出した言葉は命乞いではないのだろう。見つめた瞳には特に感情もない。

「おれは、死ぬときは女に刺されて死ぬんだと思っていたよ。男だとは意外だ」

煙草をふかしながら男は他人事のように続けた。それにちくりと痛みを覚える。

「……男で悪かったな」

「いや?　おまえなら構わないよ」

相変わらずあっさりと告げられたセリフに、ついたじろいだ。しんしんと降る雪みたいに冷めた顔をして、この男はどうしていまその文句を使うのか。

決意が揺らいでしまう。

それを見透かしたのか、男は珍しくうっすらと笑って囁いた。

「いまさら怯むな。おれは命が惜しいなんて思ったことはない。それで満足するのなら、おまえにくれてやるよ、雪野」

「……なぜそんなことを言う」

「さあ?」

煙草を消し男がゆらりとベッドから腰を上げた。威嚇するでもなくただ自然に立っている。その姿に再度のためらいを覚えて頭を左右に振り追い払った。

この独占欲は、執着は、確かに狂っている。それでも、どうしてもこの男を手に入れたいのだ。すべてを捨ててでも欲しい。

これしか方法がないのだ。

「暢気にお話をしていてもしかたがない。早くやれよ」

促され、両手でナイフを握りしめ操られるようにふらふらと一歩の距離を詰めた。ナイフを蹴り飛ばされるのかと思ったが、男はただ静かに立っているだけだった。

どうしてだ。抵抗してくれれば迷わず貫けるのに。

「腹を刺す。あんたは一瞬では死なない。信じられないような痛みに苦しみながら死んでいくんだ。そうすればおれの気持ちが少しはわかる。おれの、苦しみが」

呻くように言うと男は淡い笑みを消さぬまま答えた。

「わからない、だろうが、悪くない」

「……殴る蹴るして逃げてくれよ。逆におれを殺してしまえばいい、正当防衛だ」

「デカのほうが強いだろ。それにおれは別に逃げる気はない。これでいいんだよ。好き勝手やったあげくにおまえに殺されるなら、まあそれなりの人生だ」

「意味がわからない……」

零した声は揺れていた。その通り男の言葉の意味がまったく理解できなかった。だからこそ惑う。

男はこちらの目をじっと覗き込み、特に言い聞かせるでもなく言った。

「そうだろうな。おれにおまえがわからないように、おまえにはおれがわからない。わかりあうことはない。おれとおまえだけじゃない、誰も他人を理解なんかしない。した気になっているだけだ」

不意に、ナイフを握る手首を掴まれぞくりとした。自分の手が震えていたことにそこでようやく気付く。

「ほら、しっかりしろ。さっさと刺せ」

「……怖い」

思わず唇から洩らした弱音は本心だった。これしかない、それは確かなのに思考がぐちゃぐちゃに乱れて目が回る。

ほんとうにこれしかないのか？　ほんとうに殺してしまっていいのか？　ほんとうに、これでこの男が手に入るのだろうか。

男は真っ直ぐに視線を合わせたまま低く、優しく言った。

「怖くない。おれを殺して、おまえのものにすればいい。それがおまえの望みなら果たせ。いまおれを逃がせば、おれはおまえを二度と抱かないかもしれないぞ？　おまえを嫌いになるかもしれない。いや、おまえのことなんてすっかり忘れちまうかもな。だが、いまならおれはおまえのものになる」

男の言葉に、ふと激情が頭を占めた。息も詰まるような、視界が真っ赤に染まるような熱、そして衝動だった。

――いまならおれはおまえのものになる。

その激情はセックスのさなかに感じる動物じみた欲に似ていた。欲しい、欲しい、身に充ちるものはただそれだけで、理性のかけらも働かない。

いまならこの男は自分のものになる。

はっと我に返ったときには、ナイフの刃は根元まで男の腹にのみ込まれていた。ばたばたと血が滴り一瞬で頭の中から熱が散る。

と同時に一瞬で、今度は違う情動がこみあげてきた。それはよろこびであり、哀しみであり、恐れでも痛みでもあった。皮膚の内側でぐるぐると渦巻いてなにを考えることもできなくなる。

「……これじゃおれは死なない。もっとしっかり」

耳元に男が掠れた声で囁いた。身体の中にある、そこだけ思考からも感情からも切り離された機械みたいな部分が男の言葉に反応する。

確実に内臓を裂く角度でナイフを抜き、再度刺した。それを幾度かくり返した。まるで悪魔に操られているようだった。

派手に血が落ち、床が真っ赤に染まる。たったの十数秒か数十秒のことだった。ここまでやれば確実に死ぬ。

最後にきっちりと肉を抉《えぐ》ってからナイフを抜くと、男がその場に膝をついた。

引きずられるようにひざまずいたらゆるゆると男の手が伸びてきて頬を撫でられた。

「苦しめて悪かったな」

男の声はほとんど音になっていなかった。ひくりと喉が鳴り、そこでようやく自分が泣いていることを自覚する。

ナイフを床に落とし血に濡れた手で男の頭を抱きしめた。髪を掻きむしり泣き声で、はじめて告げる。

「愛してるんだ」

男は力なく頷いた。一度声にしてしまうと、決して口に出してはいけないはずだった想いは次々に唇からあふれ出た。

「愛してる。あんたを愛してる、佐久間。もう放さない」

「……ああ、綺麗な雪だ」

男の最期の言葉はやはり意味がわからなかった。窓の向こうに見ていた夜の景色を思い出したのかもしれない。

もう意識がないのかぐったりと男の体重がのしかかってきた。その身体を強く抱きしめ血にまみれながら声を上げて泣いた。

永遠の象徴を背に刻んだ男の身体から、徐々に体温が逃げていく。

自分が欲したものは、ほんとうにこの結末だったのだろうか。

こんにちは、真式《ましき》マキです。

本作をお手に取ってくださりありがとうございます。

このお話は、ヤクザの三代目組長と風変わりなマル暴の刑事がタッグを組んで謎を解いていく事件ものです。

昨年も、「ケルベロス」というタイトルでヤクザと刑事が絡む事件ものを書かせていただきました。とっても楽しかったです。

どうやら私は、ヤクザ！　デカ！　事件！　といった要素がたまらなく好きなようです。


あとがきから先に目を通されるかたもいらっしゃると思いますので、あまり詳しいことは書けませんが、この本には優しい関係と切ない関係の両方が詰め込まれています。その対比が巧く出ていればいいなあと思います。

今回も力の限り楽しんで書きました。

もし少しでも一緒に楽しんでいただけていましたらさいわいです。

あとがき

イラストを担当してくださいました周《す》防《おう》佑《ゆう》未《み》先生、ありがとうございました。

カラーイラストを拝見して興奮のあまり震え、挿絵を拝見して感動のあまり鳥肌を立て、ひとり部屋の中を走り回り大騒ぎしていました。

どのキャラクターもとっても格好よく、スタイリッシュで、セクシーに描いていただきました！

自分では文字でしか表現できない登場人物たちに、イラストというかたちで姿を与えてくださり、ほんとうにありがとうございます。


担当編集様、今回も大変お世話になりました。いつもお手数をおかけしております。

悩み唸っているときに、丁寧なご指示、ご指導をありがとうございます。

どうぞ今後ともよろしくお願いいたします。


最後に、ここまでお読みくださいました皆様、ありがとうございました。

このお話を、ちょっぴりでも気に入っていただければ嬉しいです。

もしよろしければご意見、ご感想などお聞かせいただけますとさいわいです。
皆様のお声が私の糧です！
それでは失礼いたします。
またお目にかかれますように。

真式マキ

CROSS NOVELSをお買い上げいただき
ありがとうございます。
この本を読んだご意見・ご感想をお寄せください。
〒110-8625
東京都台東区東上野2-8-7　笠倉出版社
CROSS NOVELS 編集部
「真式マキ先生」係／「周防佑未先生」係

CROSS NOVELS

キャンディ

著者
真式マキ

2017年2月23日　初版発行　検印廃止

発行者　笠倉伸夫
発行所　株式会社　笠倉出版社
〒110-8625　東京都台東区東上野2-8-7　笠倉ビル
[営業]TEL　0120-984-164
FAX　03-4355-1109
[編集]TEL　03-4355-1103
FAX　03-5846-3493
http://www.kasakura.co.jp/
振替口座　00130-9-75686
印刷　株式会社　光邦
装丁　磯部亜希
ISBN　978-4-7730-8846-5
Printed in Japan